잔소리하는 엄마,
투덜대는 아이

잔소리하는 **엄마**, 투덜대는 **아이**
다섯 가족이 함께 쓴 **감정의 기록**

초 판 1쇄 2026년 02월 19일

지은이 박지은, 곽예슬, 이현경, 박서우, 최혜정, 오태성, 안지언, 정진욱,
　　　　나진희, 진주호
펴낸이 류종렬

펴낸곳 미다스북스
본부장 임종익
편집장 이다경, 김가영
디자인 임인영, 윤가희, 윤영빈
책임진행 이예나, 안채원, 김은진, 국소리, 송가희, 이지영

등록 2001년 3월 21일 제2001-000040호
주소 서울시 마포구 양화로 133 서교타워 711호, 808호
전화 02) 322-7802~3
팩스 02) 6007-1845
블로그 http://blog.naver.com/midasbooks
전자주소 midasbooks@hanmail.net
페이스북 https://www.facebook.com/midasbooks425
인스타그램 https://www.instagram.com/midasbooks

© 박지은, 곽예슬, 이현경, 박서우, 최혜정, 오태성, 안지언, 정진욱, 나진희, 진주호, 미다스북스 2026, *Printed in Korea*.

ISBN 979-11-7355-718-7 03810

값 19,000원

미다스북스는 다음세대에게 필요한 지혜와 교양을 생각합니다.

잔소리하는 엄마, 투덜대는 아이

다섯 가족이 함께 쓴
감정의 기록

박지은 ♡ 곽예슬
이현경 ♡ 박서우
최혜정 ♡ 오태성
안지언 ♡ 정진욱
나진희 ♡ 진주호

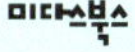
미다스북스

제4장

행복한 하루를 만드는
작은 변화들

“작가님, 제가 아이와 함께 글 써서 책 낼 수 있을까요?”, “아이와 함께 책을 써서 아이 자존감도 키워주고, 뭔가 해냈다는 경험을 키워주고 싶어요.” 엄마와 아이가 함께 쓰는 에세이 공저를 모집한다고 했을 때 가장 많이 들었던 질문입니다. 저는 엄마와 아이가 함께 책을 쓴다면 쓰는 과정도 의미가 있고, 책이 출간된 다음에도 오래 남을 경험이 될 거라고 답변을 해 드렸습니다.

“그런데 저와 아이가 잘할 수 있을까요?”, “작가님, 그런데 뭘 써야 할지 모르겠어요.”, “길게 쓰지 못하겠어요.” 아이와 함께 글 쓰고 책을 출간하리라 기대를 품고 시작을 했지만, 생각보다 쉽지 않았습니다. 처음 글을 쓰는 분들이 대부분이었습니다. 아이에게 글쓰기를 권하고 기다려 주는 일은 생각보다 많은 인내와 용기가 필요했을 겁니다. 잘 쓰도록 도와주고 싶은 마음과 부담 주고 싶지 않은 마음 사이에서 흔들렸습니다.

생각글방 글쓰기연구소는 읽기와 쓰기를 가르치는 곳입니다. 잘 쓰는 방법보다 먼저, 왜 쓰는지 무엇을 쓰고 싶은지 내 이야기를 어떻게 꺼낼 수 있는지를 고민해 왔습니다. 이번 엄마와 아이가 함께 쓰는 에세이 공저는 글을 통해 서로를 이해할 수 있는지를 중요하게 생각했습니다. 부모 교육을 하고 독서 논술 현장에서 일하며 오랫동안 느낀 점도 있습니다. 아이의 말이 줄어들 때 필요한 건 조언이나 훈계가 아니라 아이와의 소통이라는 점입니다. 글쓰기가 통로가 되어주기를 바라며 이번 공저를 기획하게 되었습니다.

글감은 어디에나 있습니다. 엄마의 하루는 24시간이 부족하고, 아이들도 학교와 학원을 오가며 바쁜 하루를 살아갑니다. 숙제 때문에 짜증이 났던 순간, 학원 가기 싫어 투덜거렸던 저녁, 엄마의 한마디에 상처받고 말없이 방으로 들어간 날 등 책에 실린 글들은 우리의 평범한 하루입니다. 오늘 하루를 보내며 짜증이 나고 힘들거나 고마움을 느꼈던 순간을 담은 이야기들입니다.

엄마로서 잘하고 싶은 마음은 있지만, 현실은 뜻대로 되지 않을 때가 많습니다. 아이도 잘 키우고 싶고, 엄마로서도 멋지게 살고 싶은데 하루하루는 바쁘고 여유가 없습니다. 이러한 마음이 이 책의 출발점이 되었습니다.

엄마 다섯 명, 아이 다섯 명이 모였습니다. 사는 곳도 다르고 아이들 나이도 다릅니다. 각자 다른 직업을 가지고 아이들을 키우며 워킹맘으로 일을 하고 있습니다. 일하는 엄마들의 이야기는 물론 고충도 담아내려고 노력했습니다. 옆집 엄마에게 이야기를 전한다는 마음으로 썼습니다. 아이들의 솔직한 이야기도 담았습니다. 숙제하기 힘들어서 괴로웠던 이야기, 친구 문제로 속상했던 이야기, 엄마가 마음을 몰라줘서 억울했던 이야기까지 담았습니다. 엄마와 아이가 함께 글을 쓴다는 건 용기가 필요했습니다. 다섯 명의 엄마 이야기, 다섯 명의 아이 이야기를 쓸 수 있어서 다행입니다.

1장 〈왜 우리는 서로에게 짜증을 낼까?〉에서는 가장 가까운 사이이기에 쉽게 화가 나고 상처 주는 말이 오갔던 이야기를 담았습니다. 사춘기, 스트레스, 기대와 실망이 엉킨 일을 엄마와 아이의 시선으로 썼습니다.

2장 〈동상이몽, 우리들의 이야기〉 [엄마 편]에서는 잔소리를 할 수밖에 없는 이유, 걱정, 안쓰러움을 담았어요. 미래에 대한 걱정과 책임감 때문이겠지요. 잔소리는 아이를 잘 키우고 싶은 마음에서 나왔을 겁니다. 잔소리하고 후회했던 경험부터 아이에게 보내는 응원 등 아이를 잘 키우고 싶은 마음을 풀어냈습니다.

[아이 편]에서는 아이들의 속마음을 담았습니다. 엄마가 알아주지 않는 서운함, 엄마의 말에 상처받은 경험, 억울했던 순간들, 쉽게 말하지 못했던 속마음, 인정받고 싶고 이해받고 싶었던 마음을 글로 표현했습니다. 아이들은 잔소리보다 인정이나 칭찬을 원하고 있습니다.

3장 〈서로의 마음을 연결하는 소통법〉에서는 입장을 바꿔 생각해 보고자 했습니다. 칭찬한 경험과 칭찬받은 경험을 나누고, 소통하고자 애썼던 경험을 담았습니다.

4장 〈행복한 하루를 만드는 작은 변화들〉에서는 소소한 행복과 작은 습관을 담았습니다. 작은 행복이 쌓이니 오늘도 고마운 하루가 되었습니다.

이 책을 읽으며 "우리 집 이야기 같아요."라는 생각이 들면 좋겠습니다. 아이의 글을 읽으며 마음이 찔렸다면 그건 엄마가 부족해서가 아니라 아이가 솔직하게 썼다는 겁니다. 엄마의 글을 읽으며 고개가 끄덕여졌다면 나만 힘든 게 아니라는 안도감일지도 모릅니다. 아이들은 엄마가 마음을 알아봐 주었으면 좋겠다 합니다. 엄마들은 아이를 사랑하지 않은 날이 단 하루도 없었지만, 사랑을 표현하는 방법이 서툴렀다고 말합니다. 짜증을 내고 잔소리하고 돌아서서 후회하는 하루가 우리의 육아입니다. 평범한 하루를 보내며 서로의 마음을 바라보게 할 겁니다. 이 책이 엄마와 아이 사이에 말로는 전하지 못했던 마음을 전하는 다리가 되기를 바랍니다.

　잔소리하는 엄마, 투덜대는 아이

엄마가 바라는 건 아이의 행복입니다. 아이가 바라는 건 사랑입니다. 사랑을 전하고 싶은 마음은 같은데 우리는 방법을 잊고, 잔소리와 조급함으로 표현해 버립니다. 앞으로도 엄마와 아이의 시간은 흘러갑니다. 그동안 지나쳤던 우리의 이야기가 이 책 속에 담겨 있습니다. 이 책이 엄마와 아이 사이에서 서로를 바라보는 시간이 되기를 바랍니다. 지금도 잘하고 있고, 옆에 있어 주어서 고맙다고 표현하는 마중물이 되었으면 합니다. 행복한 삶을 응원합니다.

2026년을 시작하며
생각글방 글쓰기연구소 대표 이현경

제1장

왜 우리는 서로에게 짜증을 낼까?

함께 자라는 우리

박지은

같은 아파트에 사는 막내딸 담임선생님을 상가에서 우연히 마주쳤다. 짧은 안부를 나누고 돌아서려는데 불쑥 질문했다. "어머니, 슬이가 책을 많이 읽지요?" 잠시 멈칫했다. 그렇다고 답한다면, 책을 아주 좋아하는 아이라고 생각하겠지? 책을 싫어하는 편은 아니지만, 아주 좋아한다고 할 수는 없었다. 스스로 먼저 책을 집어 드는 일은 많지 않았다. '네.'라는 대답 대신 "많이 읽게 하려고 노력 중이에요."라고 했다. "어휘력이 또래보다 뛰어나서 책을 많이 읽었을 거라 생각했어요." 선생님은 딸아이 칭찬을 했다.

사실 아이가 책과 가까워지도록 하기 위한 나름의 노력이 있었다. 아기 때부터 잠자리에서 책을 읽어주었다. 좀 자라서부터는 책 속 주인공에 대해 이야기를 나누기도 했다. 어떤 날은 작은 연극을 했다. 『심청전』을 읽은 날, 아이는 심청이, 나는 심봉사가 되었다. 때로는 나 혼자 1인극을 하기도 했다. 『백설공주』를 읽어줄 때에는 혼자 백설공주였다가, 새엄마도 되었다. 아이는 더 집중해서 반응했다. 책 속의 장면 몇 문장을 꺼내 읊조렸다. 연극처럼, 느릿하게, 감정을 담았다. 정말 중요한 대목에 이르면 일부러 멈췄다. 조용히 책을 바라보며 기다렸다. "다음엔 어떻게 됐어?" 그 한마디가 들리면 성공이었다. "궁금하지? 같이 볼까?" 책 한 권 읽히는 게 쉽지 않았지만, 초등학교 3학년 때까지는 독서와 가까워지도록 도와줘야겠다고 다짐했다.

꼭 읽히고 싶은 책들이 있었다. 아이는 책 제목만 듣고 "재미없을 것 같아."라며 고개를 저을 때가 많았다. 억지로 권할 수도 없고, 그렇다고 포기하기도 싫었다. 읽히고 싶은 책은 내가 먼저 읽어보기로 했다. 아이는 그림을 그릴 때도 있었고, 인형놀이를 할 때도 있었지만 뭘 하든 옆에서 묵묵히 읽었다.

"어머, 재미있다.", "다음 이야기가 궁금해지네." 내 말들을 듣기 바라며 너무 의도적이지 않게 혼잣말했다.

『금방울전』이라는 고전소설도 그중 하나였다. "금방울이 진짜 방울이래. 박씨 부인이 사람 대신 금방울을 낳았대. 신기하다." 아이는 아무 말 없이 그림을 그리고 있었다. 눈길이 잠시 책 쪽으로 향했다가 다시 그림을 그렸다. 한마디도 안 해주는 아이가 야속하게 느껴졌다. 몇 주 후, 도서관에 갔을 때였다. 책을 고르던 아이가 내게 달려왔다. "엄마, 이 책! 엄마가 좋아하는 소설이지? 금방울전!" 손에는 『어린이 금방울전』이 들려 있었다. 관심 끌기에 성공했다.

집으로 출발하기 전 도서관에서 책 열 권을 대여했다. 『홍길동전』, 『전우치전』, 『두껍전』, 『허생전』, 『춘향전』, 『심청전』, 『운영전』, 『토끼전』, 『옹고집전』, 『박씨전』.

『춘향전』과 『심청전』은 이미 내용을 안다며 시큰둥했다. 제목을 보더니 아이는 예기치 않은 곳에서 흥미를 보였다. "엄마 성이랑 똑같네." 『박씨전』을 집어 들었다. 못난 얼굴의 허물이 벗겨져 본래의 아름다움이 드러나는 장면에서 활짝 웃었다. 성이 같은 엄마를 떠올리며 읽나 보다 생각하니 나도 피식 웃음이 났다. 소소하지만 끈질긴 노력들이 쌓여 아이는 권장도서를 어느 정도 읽어낼 수 있었다. 우연히 선생님을 만났던 날, 선생님이 덧붙인 한마디는 노력들이 헛되지 않았다는 증거처럼 느껴졌다.

아이가 책 읽기를 가장 즐기는 공간은 도서관 다락방이었다. 여섯 칸밖에 없는 다락방은 아이들에게 인기가 많았다. 자리 예약이 금세 마감되는 것이 문제였다. 전화 예약은 불가능했고, 직접 예약 리스트에 이름과 전화번호를 적어야 했다. 오전 11시가 지나면 모든 자리의 예약이 마감되는 경우가 다반사였다. 어느 토요일 밤, 내일 도서관에 가자고 했더니, 다락방이라면 가겠다고 했다. 조건을 걸고라도 일단 가겠다고 하니 나로서는 기뻤다. 토요일이면 평소보다 늦게 잠자리에 들었고 일요일은 조금 늦게 일어났다. 빨리 챙기라고 닦달하며 도서관에 가는 건 아니다 싶었다. 도서관 가는 길이 우리에게 여유롭고 편안한 시간으로 기억되기를 바랐다. 그래서 오전 일찍 혼자 먼저 도서관에 가서 자리를 예약하고, 아이와는 집에서 점심을 먹은 뒤 함께 가는 것으로 계획했다.

도서관이 문을 여는 시간에 맞춰 차를 몰고 20분 남짓 걸리는 도서관으로 향했다. 라디오를 켜지 않았다. 음악소리

 잔소리하는 엄마, 투덜대는 아이

보다 고요한 정적이 더 좋았다. 아이를 위해 자리를 예약하러 왔다 갔다 하는 모습이 남들에게는 비효율적으로 보일지도 몰랐다. 하지만 그 짧은 이동 시간은 내게 소중했다. 워킹맘이다 보니 늘 시간에 쫓겼다. 한 가지 일을 끝내면 또 다른 일이 이어졌다. 정신없이 일을 마칠 때가 많았다. 중요한 일을 빠뜨릴까 봐 불안해서 체크리스트를 썼다. 끝낸 일엔 줄을 긋고, 남은 일엔 동그라미를 치고 추가로 생긴 일을 빈 칸에 적었다. 하지만 그때그때 떠오르는 일을 체크리스트 사이에 적다 보니 금세 종이는 빽빽해졌고, 마음도 복잡해졌다. 점점 지저분해지는 종이를 보면 머릿속도 따라 흐트러졌다.

혼자 운전하는 시간만은 달랐다. 조용히 도로를 달리다 보면 복잡한 생각들이 하나씩 정리되었다. 내가 해낸 일들, 놓치고 있던 일들, 앞으로 해야 할 일들이 머릿속에서 자연스럽게 줄을 섰다. 체크리스트보다 훨씬 단정한 정리가 마음속에서 이루어졌다. 겉으로 보기엔 번거로운 이동이었지만, 내게는 효율적인 순간이었다.

오후 한 시, 우리는 도서관 다락방에 있었다. 책을 고르러 가는 아이의 뒷모습만 봐도 흐뭇했다.

아이가 책과 조금 더 가까워질 수 있는 자리를 마련해 주는 일. 그리고 함께 책을 읽으며 공유하는 시간이 더 소중하다는 것을 알았다. 성장은 아이만의 몫이 아니었다. 아이의 속도로 걸어가는 동안 나 또한 조금씩 달라지고 있었다. 아이를 책으로 이끌려던 노력들은, 나도 책과 가깝게 해 주었다. 아이의 성장 곁에서 나도 함께 자라는 중이었다.

사춘기가 찾아온 날

곽예슬

언니는 중학교에 가더니 나랑 잘 놀아주지 않는다. 예전에는 〈웃는 아이〉 유튜브 영상을 보고 같이 춤도 추었다. 춤이 어려우면 언니가 가르쳐 주었고, 그래도 따라 하기 어려우면 막춤을 췄다. 색연필 잡고 줄만 그어도 언니는 잘했다고 칭찬해 주었다. 색종이를 보여주며 무슨 색깔인지 맞춰보라고 묻고, 내가 색깔을 맞추면 '내 동생 최고'라며 박수 쳐 주었다. 인형으로 서로 역할을 정해 이야기를 하며 인형에게 밥 먹여 주는 놀이도 했다. 언제나 내 편이었던 언니였는데, 이제는 아니다.

요즘은 방에만 들어가 있고 거실에 잘 나오지도 않는다. 얼마 전에 거실에서 바이올린 발표 연습을 할 때였다. 언니는 시끄러워서 귀가 아프다고 했다. 잘한다고 할 줄 알았다. 열심히 준비하고 있는 발표곡인데 어떻게 그렇게 말하냐고 언니에게 화냈다. "공부하는데 거슬려. 거실에서 하니까 내 방까지 소리가 들려서 그래. 안방에 들어가서 연습하면 되잖아." 언니는 더 큰 소리로 말했다. 엄마는 언니가 사춘기라서 예민하다고 했다. 사춘기가 되면 음악 감상도 잘되지 않나 보다. 결국 안방으로 들어갔다. 엄마 앞에서 바이올린 연습을 하면서 언니처럼 사춘기가 오지 않으면 좋겠다고 했다. 엄마는 사춘기가 되면 원하지 않아도 몸에서 짜증 호르몬이 나와서 어쩔 수 없는 거라고 했다.

생각해 보니 나도 짜증 호르몬이 조금씩 나오는 것 같았다. 학교 마치자마자 있었던 일을 엄마에게 바로 말하고 싶어서 전화했다. 바쁘다고 나중에 얘기하자는 엄마에게 화가 났다. 나중에는 지금 기분이 사라지니까 바로 말하고 싶었던 건데. 들어주는 것도 못 할 정도로 바쁘다는 게 이해가 되지 않았다.

학교에서 짝꿍이랑 싸웠다. 민지랑 친해지고 싶었는데, 짝꿍이 왜 민지랑 친하게 지내려고 하냐며 싫어했다. 다 같이 친하게 지내고 싶은데 그렇게 잘 안돼서 속상했다. 말할 사람이 없어서 엄마한테만 말하려고 학교 마칠 때까지 기다렸는데 엄마는 바쁘다며 내 말을 들어주지 않았다.

그냥 학원으로 바로 갈 수밖에 없었다. 피아노, 태권도 학원을 연달아 다녀왔다. 오후 네 시쯤 집에 오니 피곤했다. 책상 위에는 엄마가 풀라고 한 문제집들이 놓여 있었다. 태권도에서 팀 피구가 있었는데 우리 팀이 져서 칭찬카드를 못 받아 속상했다. 피곤하고 속상한 마음으로 집에 왔는데 문제집들이 한가득 있는 걸 보니 짜증 났다. 공부하고 싶지 않았다.

스트레스를 풀려고 하고 싶은 걸 했다. 슬라임을 조물거리며 만지고 포토카드 포장하면서 시간을 보내니 기분이 풀렸다. 저녁에 퇴근한 엄마가 문제집들을 보았다. 엄마가 공부 안 했다고 잔소리하기 전에 내가 먼저 힘들어서 공부하기 싫었다고 말했다. 엄마는 태권도를 매일 가니 피곤해서 힘든 거 아니냐며 일주일에 다섯 번 가는 걸 세 번만 가라고 했다. 태권도는 매일 가고 싶다. 줄넘기도, 피구도, 장애물 피하는 레크리에이션 시간도 신난다. 좋아서 매일 가고 싶은 곳이 태권도인데 세 번으로 줄이자니 말도 안 된다. 그리고 집에 와서 공부를 매일 30분씩 하라고 하다니 너무 싫었다. 학교에서도 공부하는데 집에서도 공부하는 것은 정말 힘든 일이다. 운동하는 거나 악기 연주하는 것은 피곤해도 마법같이 계속하고 싶다. 그런데, 집에서 공부할 때는 십 분만 해도 쓰러질 것 같다.

“엄마, 공부하기 싫어. 집은 쉬는 곳이야. 왜 집에서도 공부해야 해?” 엄마는 공부하는 학원을 다니지 않으니 학교에서 배운 걸 집에서 복습해야 한다고 했다. “학교에서 공부한 걸 잘 기억하는지 확인하려고 단원평가 하잖아. 집에서 복습하면 기억이 더 잘 나거든. 오늘은 쉬고 내일부터 힘내서 조금씩이라도 공부하자.” 그러고 보니, 수학 단원평가에서 곱셈 단원까지는 열심히 복습해서 시험을 잘 쳤는데, 길이 재기부터 공부를 안 했더니 시험 결과가 좋지 않았던 게 생각났다. 학교에서 공부할 때는 다 안다고 생각했는데, 복습을 안 해서 점수가 높지 않은 거였나 보다.

“엄마 말이 맞는 거 같아요. 나 사춘기인가 봐. 엄마한테 짜증 내서 미안해요.” 엄마에게 진심을 담아 사과했다. 엄마가 괜찮다고, 누구나 다 짜증 낸다고 할 줄 알았다. 그런데, 장난처럼 웃으면서 "진짜 사춘기가 왔나 보네."라고 했다. 언니 사춘기는 이해해 주면서, 내 사춘기는 장난처럼 받아들였다. 방금 사과했는데, 또 마음이 안 좋아졌다. 짜증 내고 미안해하고 또 속상해하는 나는 사춘기가 정말 빨리 왔나 보다.

사춘기는 먹는 걸로도 다가왔다. 주말에 엄마랑 도서관에 가면 초코쿠키를 먹을 수 있어서 좋았다. 그런데, 어느 날 엄마가 도서관에서 다른 걸 샀다. "난 초코쿠키 먹고 싶어." "초코쿠키는 자주 먹은 것 같아서 버터 맛도 한번 먹어보자." 엄마가 내 의견을 물어보지 않은 게 속상해서 먹기 싫다고 했다. 그런데, 자꾸 한 개만 먹어보라는 거다. 맛이 궁금하기도 해서 먹었는데 생각보다 맛있었다. 새로운 맛이어서 그런지 초코쿠키보다 조금 더 맛있게 느껴졌다. 금방 마음을 풀고 먹어보길 잘했다. 기분 좋게 책을 읽고 도서관을 나왔다. 점심시간이 되어서 마라탕을 먹으러 가자고 했다. 엄마는 마라탕을 좋아하지 않는다. 그래도 내가 가자고 하면 열 번 중에 여섯 번은 간다. 오늘은 가는 날 여섯 번에 속한 날이다. "마라탕 먹고 집에 가서 수학 공부 좀 하자, 알았지?" 엄마의 조건이었다. 독서도 공부에 포함시켜 주면 좋겠는데, 엄마는 그러지 않았다. 공부하기 싫었지만, 마라탕을 먹고 싶어서 "네."라고 대답했다. 마라탕은 역시나 매콤달콤 맛있었다.

집에 돌아와서 약속대로 수학 문제를 풀었다. 일주일 동안 안 풀고 밀려서 무려 열 페이지나 되었다. 원하는 걸 먹으려면 힘든 것도 해야 했다. 어려운 문제에서 짜증이 났지만 참았다. 미루니까 한 번에 하기 힘들다는 것을 알았다. 시간이 한참 걸려 열 페이지를 다 풀었다. 다 풀고 나니 뿌듯하고 기분이 좋았다. 사춘기가 와서 짜증이 날 때도 있지만, 참으면 나중에는 잘했다는 생각이 든다.

엄마와 나 중에서 누가 더 서로를 좋아할까? 나인 것 같다. 내가 엄마를 더 많이 좋아해서 짜증이 나는가 보다. 엄마가 내 얘기를 잘 안 들어준다는 생각이 들면 섭섭하다. 다른 친구들을 더 챙기는 것 같을 때 질투가 난다. 엄마 모임에 따라가고 싶은데 데려가지 않을 때도 서운하다. 좋아하니까 짜증 내는 것은 이상한 것 같다. 좋아하면 사랑해 주고 웃어줘야 하는데. 나는 엄마를 좋아하면서도 짜증을 내고 있다. 엄

 잔소리하는 엄마, 투덜대는 아이

마는 내 짜증을 받아주고 있는 거였다. 조금 불쌍하게 느껴졌다. 미안한 마음이 들 때 내가 해 줄 수 있는 건 뭘까? 바이올린 연주하기다. 바이올린을 켜면 엄마는 음악 소리에 맞춰 몸을 흔들흔들 춤추기도 한다. 엄마가 춤출 때 난 더 즐겁게 연주하게 된다.

또 하나는 공부하는 거다. 엄마가 퇴근하기 전에 문제집을 풀어놓으면 함박웃음을 웃는다. 계산력 문제집이 쉬워서 많이 풀어놓는다. 공부를 많이 한 날은 미안한 마음이 큰 날이다. 엄마가 웃고, 춤을 추는 날은 나도 즐겁다. 사춘기가 찾아온 날에도 엄마와 바로 마음을 풀 수 있어서 좋다.

숙제를 미루는 아이에게

이현경

주말마다 마음이 녹록지 않다. 나는 나대로 할 일이 많고 아이는 아이대로 바쁘다. 주말에는 다음 주 수업 준비를 미리 해두어야 한다. 또한, 글쓰기 수업 자료 만들고 강의 시뮬레이션을 하며, 글쓰기 코칭도 한다. 주말에 일을 몰아서 하지 않으면 한 주를 버티기 어렵다.

아이는 초등 고학년이 되며 숙제가 눈에 띄게 늘었다. 평일에는 충분히 놀지 못하니 주말만큼은 놀고 싶어 한다. 노는 일과 숙제 사이 시간이 부족하다. 숙제를 먼저 해 두면 좋겠는데 노는 일 먼저 숙제는 나중이다. 주말에 가족 모임이나 친구 약속이라도 있는 날이면 주말 아침부터 마음이 급해진다.

초등 6학년 서우네 반은 월요일마다 독서록과 주제 글쓰기

과제가 있다. 매주 두 편씩 글을 쓰는데, 몇 시간씩 걸리기도 한다. 숙제를 미리 하면 좋으련만 일요일 오후가 되어서야 시작한다. 학교 숙제만 있는 게 아니다. 얼마 전 영어학원을 옮기면서 학원 숙제량도 늘어났다. 일요일 오후 한두 시간에 할 수 있는 양이 아니다.

잔소리하고 싶을 때가 많지만 말을 아낀다. 나 역시 매번 닥쳐서 일하는 사람이기 때문이다. 주말에 몰아서 일한다. 교재를 만들거나 강의 자료를 준비할 때도 마감이 다가와야 속도가 붙는다. 아이도 그럴 거라, 머리로는 이해는 한다. 하지만 마음은 그렇지 않다. 그럴 땐 아이를 지켜본다. 책상 앞에 앉아 있으면서도 정리하느라 시간을 보내고, 연필을 만지작거리며 딴짓을 해도 일단은 바라본다. 한마디 해야 하나 싶다가도 잔소리를 최대한 늦춘다. 일요일 저녁 늦은 시간까지 숙제를 끝마치지 못해 잠자는 시간이 늦어지면 마음이 편치 않다. 시간이 너무 늦어지면 결국 말이 나온다. "조금 먼저 시작하지 그랬어? 꼭 한꺼번에 몰아서 해야 해? 집중해서 하면 벌써 끝났을 수도 있잖아. 늦게 자면 키 안 크잖아." 참았다 하는 말이라 그런지 잔소리가 한꺼번에 쏟아진다.

서우는 내가 말을 길게 해도 말대꾸를 하지 않는다. 울지도 않는다. 서준이와 다른 성향이다. 서준이를 키울 때는 공부나 식사량 같은 일에 잔소리를 많이 했던 편이다. 첫째라 그런지 기대하는 바가 많아서 그랬을 거다. 말이 먼저 나왔다. 밥을 적게 먹어도 공부를 미루고 있어도 그냥 지나치지 못했다. '이 나이에는 이 정도는 해야지'라는 기준이 머릿속에 있었다. 하나하나 찾아보곤 했다. 서우가 어릴 때는 달랐다. 그저 책만 잘 읽으면 좋겠다고 생각했다. 아침저녁으로 짧게 책을 읽어주고 나면 공부에 대한 압박은 주지 않으려 애썼다. 그래서인지 서우는 잔소리 없이 제 몫을 해내는 아이였다. 그런데 언제부터인지 책상 앞에 앉아서 멍하니 시간을 보내는 모습이 눈에 들어오기 시작했다. 고학년이 되었다는 이유로 잔소리를 늘린 거일 수도 있다. 아이는 아이의 속도대로 하고 있는데 엄마의 마음이 조급해지고 불안해진 건 아닐까? 일요일 저녁 쏟아내듯 말했던 날. 말은 주워 담을 수도 없는데 조금만 더 참았으면 좋았을 걸 싶다.

방 정리도 마음에 걸린다. 서우의 방은 책과 학습지, 물건들이 뒤섞여 있다. 발 디딜 공간만 겨우 있을 때 많다. 침대 위에 있는 커다란 인형만 비교적 깨끗해 보였다. 선물 받은

 잔소리하는 엄마, 투덜대는 아이

지 얼마 되지 않아서 그럴 터다. 몇 년 뒤에는 먼지를 뒤집어 쓴 채 창고로 갈지도 모를 인형들이다. 인형은 자리를 많이 차지했고, 큰 인형들로 인해 방이 더욱 좁아 보였다.

어느 일요일 저녁 서우는 여느 때처럼 책상 앞에 앉아 집중하고 있었다. 머리카락을 뒤로 묶고 숙제를 하는데 언뜻 봐도 숙제가 많아 보였다. 모처럼 집중하고 있는데 방 치우라는 말이 차마 나오지 않는다. 방 좀 치우고 숙제하라고 말하고 싶은 마음이 들었지만, 숙제가 급했다. 나 역시 정리를 잘하는 편은 아니다. 책상 옆에 서서 아이를 쳐다보았다. 내 시선을 느끼고 서우가 고개를 돌려 나를 바라봤다. “왜요?” 엄마 마음과는 달리 느긋하고 태연하게 이야기하는 서우에게 “그래? 공부할 만해? 숙제 많이 남았어?” 서우에게 기대하는 답은 거의 다 했다는 말이지만, 항상 많이 남았다고 한다.

몸을 돌려 방을 나왔다. 해야 할 일을 했다. 다음날 수업 준비하거나 책을 읽었다. 내심 불안했지만, 괜히 잔소리했다가는 시간이 더 걸릴 게 뻔했다. 잔소리하며 실랑이를 할 만큼 여유 있지도 않았다. 잠잘 시간이 다가오면 신경이 곤두섰다. 물 마시러 가는 김에 다시 방문을 열었다. 서우도 조금 조바심이 나는지 말투가 빨라졌다. “거의 다하긴 했는데요.

조금 남았어요. 아직 잠잘 시간까지 30분 남았으니 금방 하고 잘게요." 누그러진 말투로 차분하게 답변을 했다. "뭐, 금방 끝나겠지. 얼른 하고 자자." 서우는 늦었다는 걸 깨달았는지 빠르게 연필을 움직였고, 숙제를 마무리했다. "다음에는 조금만 미리 하자. 방도 잘 치워두자." 다정하고 부드러운 목소리는 아니었을 거다. 일요일 저녁 늦게까지 숙제 실랑이하다 보면 몸이 처지는 게 느껴진다. 서우가 쭈뼛쭈뼛 잠자리에 들 준비했다. 나름대로 애썼다.

"그렇게 해서 언제 다 하려고 그래? 집중 좀 해." 이런 말이 튀어나올 뻔했지만, 그래도 목소리를 낮췄다. 정해진 날짜에 숙제하고, 스스로 방 정리하려 시도라도 한다면, 그것만으로도 기특한 거다. 다행히도 서우는 잘하는 편이다. 클수록 혼자 하는 일도 많아졌다. 쿠키 굽기 등 요리도 잘하고 지하철이나 버스 타고 잘 다니기도 한다. 숙제를 혼자 하려고 노력하고 있으므로 지나치게 간섭하지 말자고 마음먹었다. 숙제를 미리 못하면 아이도 불편할 거다. 아무래도 신경 쓸 거다. 이번 주도 친구들과 놀고 다른 일을 먼저 하다가 일요일 오후 무렵 바빠졌다. "시간 얼마 안 남기고 급하게 하지 않으면 좋겠다." 뒷말은 더 꺼내지 않았다.

　잔소리하는 엄마, 투덜대는 아이

다정한 엄마는 어떠해야 할까. 온화하고 차분한 목소리로 아이를 대할 수만은 없다. 다정한 엄마가 되고 싶다고 생각했지만, 현실은 그렇지 않다. 숙제를 미루는 모습 보며 잔소리를 참는 일은 여전히 어렵다. 그래도 예전보다 한 걸음은 나아갔다. 큰 소리가 났을 상황에서도 속도에 맞춰 기다리고 있다.

화가 날 때도 있고, 답답할 때도 있다. 그러나 어수선한 방을 보며 다그치지 않고, 숙제가 늦어져도 기다려 주고 있다. 그러면서 엄마도 성장하고 있다. 시간을 지켜서 숙제를 하고, 방을 정리 정돈하는 게 쉬울 리가 없다. 아이도 책임을 다하려 애쓰며 다음에 더 나아지려 노력하고 있을 거다. 노력하는 시간을 기다려 주어야 한다.

매일 선택의 연속이다. 화를 낼 때와 참을 때를 구분하고, 기다릴 때와 재촉할 때를 구분하는 게 필요하다. 가끔 잔소리하더라도 아이를 기다려 주고, 언젠가는 잘할 거라 믿는 엄마가 되기 위해 노력하는 중이다.

스트레스를 받는 이유

박서우

8월 4일, 목동에 있는 학원에 처음 가는 날이다. 그곳은 쾌적하고, 선생님은 젊고 예쁘며 넓은 교실도 있는 대형 학원이라고 생각했다. 그러나 예상과는 달랐다. 교실은 비좁았고, 선생님은 약 40살 후반이었다. 또 교실에서는 이상한 냄새까지 났다. 내가 기대했던 학원 환경과 전혀 맞지 않았다. 몇 달 동안 지내다 보니 선생님은 꽤 괜찮지만 교실이 좁아 불편한 것은 사실이었다.

목동 학원에 다녀 보니 쉬운 곳이 아니었다. 같은 학원에 다니는 친구들이 올리는 카카오톡 평을 보면 지옥이라는 말이 많이 나온다. "학원 가기 싫다.", "집 가고 싶다.","내 인생…." 등등의 말이 쓰여 있었다. 이런 글을 보면 학원에 다니는 학생들이 '열심히 공부하고 있구나.'라는 생각이 들었다. 한편으로는 학원에 다니는 아이들이 참 불쌍했다. 주말에도 셔틀버스를 타는 아이들이 힘들어 보였다. 하지만 내가 대형 학원에 다니게 될 줄은 몰랐다. 대형 학원에 다니는 친구들은 거의 다 공부를 잘했기에 한번 도전해 보고 싶었다. 엄마에게 물어본 후 며칠 고민하다가 다니기로 결정했다. 며칠 뒤 학원으로 테스트를 보러 갔다. 상담을 받아본 후에 학원에 들어가게 되었다. 들뜬 마음으로 교실에 들어갔다.

목동 학원에 다닌 지 일주일, 벌써 때려치우고 싶어졌다. 학원에서 스트레스를 많이 받았기 때문이다. 학원에 다니기 전에는 일요일이 여유로웠다. 이제는 숙제가 많아져서 노는 걸 먼저 하면 저녁에 힘들어지는 것을 알고 있기에 맘 편히 놀 수가 없었다. 만약 낮에 놀고, 숙제를 안 했다면 그날 저녁은 새벽 시간에 자야 했다. 숙제가 많이 남았기 때문이다. 숙제를 안 해서 가면 학원에 남아서 다 하고 가야 한다. 남아서 하고 싶지 않다면 숙제를 해 가야 한다.

목동 학원은 여름 방학 때부터 시작했다. 일정이 생겨서 하지 못했을 때나 저녁에 시간이 부족해서 숙제를 다 못해도 방학이기에 그나마 괜찮았다. 아침 시간부터 나가기 전까지 집중해서 하면 다할 수 있었기에 조금은 맘 편히 지낼 수 있었다. 물론 방학 때도 바쁜 날은 많았다. 갑자기 일요일 저녁에 일정이 생겨 나가야 한다면 언제나 마음이 불편했다. 숙제 때문에 앞에 있는 학원을 못 간 적도 있다. 숙제하다가 늦게 단어를 외우기 시작해서 시간을 제대로 보지 못해 셔틀버스를 놓친 적도 있었다.

스트레스를 받는 것은 힘든 것 같다. 아프지 않고 건강하다고 생각했는데, 스트레스를 많이 받아 토한 적도 있었다. 스트레스가 쌓이면, 학원이 너무 가기 싫어진다. 대형 학원에 다녀본 학생들은 공감할 내용이다. 학원을 빠지면 돈을 날리는 것이고, 막상 가려고 하니 가기 싫은 상태를 말이다. 스트레스의 원인은 대부분 학원 숙제였다. 스트레스는 몸으로 드러났다. 배가 아프거나 머리가 아프고, 어지럽고 열이 났다.

방학이 끝나고 시련이 찾아왔다. 전날 밤에 숙제를 다 하지 못했다면 학교에서라도 해야만 한다. 학교에서도 다 하지 못했다면 학원에 남아서 끝내고 가야 한다. 하지만 남으면 셔틀버스가 출발하여 다음 차가 올 때까지 기다리거나 일반 버스를 타고 가야 한다. 일반 버스에서는 친구가 없어서 혼자 가야 한다. 가끔가다가 사람이 많으면 서서 가기도 한다. 내리는 곳도 잘 확인하고 있어야 한다. 일반 버스를 놓치면 최소 10분은 기다려야 한다. 반면 셔틀버스는 기사님께서 "얘들아, 세모 아파트 왔다. 내리는 사람?"이라고 하시며 불러 주신다. 편안하게 쉬다가 불러 주는 타이밍에 맞게 내리면 된다. 셔틀버스에는 친구들과 함께 타기 때문에 떠들면서 갈 수 있다. 친구들과 셔틀버스 같이 타고 싶으면 숙제와 단어를 잘 외워서 가는 게 좋다.

일주일 중 가장 바쁜 날은 일요일이다. 방학이 끝나서 학교에서 주는 숙제도 생겼다. 학원 가기 전날인 일요일은 거의 숙제만 하는 날이 되었다. 물론 다른 요일에 다니는 학생들은 아닐 수도 있다. 학원에 다니기 전 일요일에는 학교 숙제만 있었고, 다른 숙제는 거의 없었다. 시간이 남으면 취미 생활인 요리도 했다. 쿠키를 만들거나 머핀을 만들었다. 만들 때는 설레고 행복했었다. 평일에는 숙제가 적어서 빨리 끝내고 드라마를 볼 여유도 있었다. 하지만 지금은 평일에 드라마를 볼 수 있는 날이 금요일밖에 없다.

또 친구들이랑 놀 시간도 줄어들었다. 평일에는 학원에 다니느라 친구들을 만나지 못한다. 놀 수 있다 해도 학원 끝나고 친구들과 잠깐 대화를 하는 게 전부다. 주말에 논다고 해도 토요일 아니면 따로 시간을 내기 어렵다. 가끔 친구들과 놀 때 "로블록스"라는 게임을 하거나 카페에 간다. 우리가 즐겨하는 게임은 "99일 포레스트 오브 나이트"라는 게임이다. 실제로 일어난 이야기를 바탕으로 만들어진 게임이다. 하지만 학원이 많아져서 그마저도 할 시간이 없어졌다. 친구랑 자주 놀지 못하니 집에서 괜히 딴짓하게 된다.

스트레스를 받는 가장 큰 이유는 숙제가 많아서 늦게 자기 때문이다. 게다가 놀 시간이 없어서 친구들과 다 같이 노는 일이 적어졌다. 그렇다고 해서 학원에 다니지 않거나 숙제를 하지 않고 싶은 것은 아니다. 목동 학원은 내가 먼저 가고 싶다고 했고, 공부를 잘하고 싶은 마음에 선택한 것이다. 지금은 시작한 지 얼마 안 되었기 때문에 힘들다고 느낄 수 있을 것이다. 하지만 시간이 지나면 적응을 잘하고 공부도 더 잘할 수 있을 거라 믿는다. 조금만 지나면 열심히 할 수 있을 것이다.

앞으로 중학생이 되면 더 많은 숙제와 스트레스가 생길 수 있다. 숙제가 많고 힘들더라도 미래를 위해서 열심히 해 보고 싶다. 그나마 다행인 점은 다른 집에 비해 엄마 아빠의 잔소리가 적다는 것이다. 친구 중에서는 엄마랑 매일 싸우는 애도 있다. 가끔은 큰 소리로 다툰다고 한다. 나는 엄마와 큰 소리로 싸워 본 적은 없다. 물론 엄마가 잔소리는 한다. 엄마는 스트레스가 많이 쌓였을 때 풀어주려고 노력해 준다. 예를 들면 같이 카페에 간다. 먹고 싶은 음료수나 간식을 사준다. 저녁을 좋아하는 음식으로 해 주거나 사 주기도 한다. 또 친구들과 놀게 해주거나 하루 정도는 자유 시간을 준다.

스트레스가 없어야 좋다고 생각했다. 공부나 숙제를 할 때 스트레스를 받으면 힘들었기 때문이다. 하지만 공부나 숙제를 하지 않을 수는 없다. 학원에 다니지 않는 게 행복한 일일 수도 있겠지만 한편으로는 공부를 잘하고 싶은 마음도 있다. 조금의 스트레스는 필요한 거 같기도 하다. 스트레스를 잘 풀기 위해서는 중간중간에 취미 생활을 하려고 한다. 제일 중요한 건 가족과 대화하는 것 같다. 아빠는 대화를 많이 하지는 않지만 이야기를 잘 들어준다. 내가 해 달라고 하는 것은 대부분 들어준다. 오빠는 가끔 짜증을 내지만 1년 전까지만 해도 나와 인형으로 놀아주었다. 귀찮아하면서 공부를 가르쳐 준다. 엄마는 매일 바쁘다면서도 내가 힘들 때 꼭 위로해 준다. 숙제를 많이 도와주지는 않지만, 간식도 사 주고 자주 안아준다. 스트레스가 없는 것도 좋지만 스트레스가 있어도 가족이 있어서 이겨낼 수 있다. 어느 정도의 스트레스는 긴장감을 불러일으켜 도움이 된다고 한다. 스트레스를 완전히 없앨 수는 없겠지만 많이 받지 않으면서 내가 하고 싶은 일도 잘하고 싶다.

내 뜻대로 안되니 속상함

최혜정

　나의 더위는 5월부터 일찍 시작됐다. 땀이 나는데 냉팩을 3개나 들고 다녀야 하는 상황이 싫었다. 사계절 내내 냉팩을 사용한다. 냉팩을 들고 다니지 않으면 혈압이 올라가고 하루 생활이 불편하다. 냉팩을 사용하면 열기가 식는다. 냉팩은 손바닥만 하다. 냉장고에 넣어서 차갑게 만든 다음에 머리에 올려두거나 겨드랑이에 끼어 열을 식히는 형태로 사용한다.

　뇌 수술 후에 땀이 많이 난다. 2023년 6월 비파열 대동맥류 꽈리로 뇌 수술을 받았었다. 수술은 잘 되었다. 머리에 있는 꽈리를 클립으로 묶었다고 했다. 그런데 수술 후 1년가량 몸이 좋지 않았다. 겨울에 땀이 나고, 봄과 여름에는 춥고 더운 게 왔다 갔다 했다. 다른 사람들은 그저 덥다고 느낄 때도 나는 머리부터 발끝까지 땀으로 젖는다. 겨울에도 비슷하다. 2025년은 유난히 여름이 빨리 시작된 느낌이었다. 냉팩을 허리에 차고 양손에 냉팩을 들었다. 냉장고에 냉팩이 8개 이상 있다. 3개씩 번갈아 가면서 사용해야 하고, 여름이라 30분이면 이미 물기가 차올라서 바꿔줘야 하기 때문이다.

돌봄교실에서 일을 하고 있다. 냉팩을 끼고 있다가 아이들이 학습 지원 요청을 하면 숙제를 봐주기도 해야 한다. 그럴 때는 냉팩을 잠시 내려놓아야 한다. 잠깐 동안이지만 냉팩을 빼놓으면 금세 녹아버리곤 했다. 돌봄교실 아이들은 내가 냉팩을 항상 들고 있는 모습을 지켜보며 몸이 좋지 않다는 걸 눈치채서 도와주기도 했다. 1학년 아이들이라 일일이 챙겨줘야 하고, 가방도 챙겨줘야 하고 방학 때는 급식도 봐줘야 한다. 손이 열 개라도 부족한 정도였다.

방학이 시작되면 돌봄교실은 바쁘다. 방학에는 돌봄을 이용하는 아이들 수가 늘어나고, 학교에 있는 시간도 늘어난다. 아이들이 계속 교실에 머무르기 때문에 손이 많이 간다. 방학에는 스무 명이 넘는 아이들을 돌봐야 한다는 생각에 부담이 되었다.

뇌 수술 전에도 주말 육아를 혼자 담당하다 보니 부담이 되었다. 아이를 혼자 돌봐야 하니 친정 부모님 도움으로 겨우 유지하고 있는 중에 이석증이 생겼다. 처음에는 이석증인 줄 알았는데 6개월 정도 되니 다시 검사를 받아보자고 했다. 진료 의뢰서를 받아서 대학병원에 갔다. 대학병원 신경과를 가서 CT를 찍었다. MRI까지 찍어 보니 뇌에 비파열성 뇌동맥류 꽈리가 기다랗게 있었던 거였다. 다음에 신경외과를 가서 조영술을 받았다. 머리에 조영제를 넣어 뇌를 검사했다. 의사 선생님이 당장 수술해야 한다고 했다. 당일 날 병원에 머무르면서 대기를 했었는데, 병원을 변경했다. 변경한 병원에서는 당연히 수술을 해야 한다고 했다. 살 확률이 30%밖에 안 된다고 하였다. 더 이상 수술을 미룰 수가 없었다. 뇌의 왼쪽을 열었다. 운동 신경 부분에 미세하게 꽈리가 붙어 있었던 거였다고 했다. 다행히 수술은 성공적이었다.

그러나 수술 후에도 회복이 쉽지 않았다. 밤 12시가 넘어가면 몸살이 시작된다. 잠이 몰려오는데 팔, 다리가 저리기 시작한다. 남편이 주물러 주면 지쳐서 잠이 들곤 했다. 늦게 잠이 드니 깨어나기도 쉽지 않았다. 아침에 일찍 일어나지 못했다. 아이를 학교에 보내야 하니 깨워서 아침을 차려준다. 등교하고 나면 바로 침대로 간다. 한두 시간 누워 있어야 겨우 몸을 움직일 수 있었다. 체력 회복이 되지 않았고 무기력해지는 것 같았다. 낮에는 일하러 가야 하는데 움직이기가 싫었다. 멍하게 앉아 있기 일쑤였다. 아무것도 하기 싫었고, 누가 건드리는 것도 싫었다. 소화도 잘되지 않았다. 화장실을 들락날락하느라 기진맥진했다. 육아도 쉽지 않았다. 육아를 혼자 담당하는 상황을 무덤덤하게 받아들일 수 없었다. 남편은 인천에 있고, 아이와 나는 서울에 있어서 주말 부부였다. 평일 저녁에 아이를 데리고 나가서 놀거나 축구, 야구 등을 하며 노는 일을 전혀 하지 못했다. 그래서 그런지 아이가 더 위축된 것 같다. 친정엄마가 저녁에 도와주셨다. 저녁에 책도 읽어주고 놀아줘야 하는데 그러지 못해 아이는 혼자 놀았다.

올해 초부터는 집착이 내려놓아졌다. 그동안은 남편 탓을 많이 했다. 왜 이렇게 육아에 관심이 없는지 이해가 가지 않았다. 그러나 그 모습을 받아들였다.

남편이 변화한 것은 아이가 치료를 받기 시작한 뒤부터였다. 남편이 바뀌니 나도 받아들이게 된 것 같다. 내 모습이 신기했다. 아마 근무 환경도 바뀌고, 더 이상 나를 괴롭히는 동료들도 없으니 내 일만 하면 된다는 생각에 조금 마음에

　　잔소리하는 엄마, 투덜대는 아이

여유가 느껴졌다.

　나 자신을 괴롭히지 않기 위해, 잠을 못 자도 며칠 뒤엔 푹 자겠지 하고 조금은 무덤덤하게 넘어가기 시작했다. 아직도 내 일로 머리가 아프지만, 아이를 잘 돌봐야 할 때라 여러 가지로 고민하고 아이를 위해 엄마로서 해줄 수 있는 부분도 조언해 주려고 노력하고 있다. 남의 자식도 내 뜻대로 안 되는데 내 아이는 오죽할까 생각하면서 힘들어도 꾹 참고 이겨내려고 했다.

　학기 초, 이번 6학년은 힘들다고 아이가 학교에서 힘든 점을 말하기 시작했다. 4월 달부터 직감은 하고 있었지만 더 이상 심각하지는 않겠지 하고 생각했다. 뚜렷한 해결책을 주지 못하였지만, 도와주기 위해 아이에게 친구 사귀는 방법, 공부하는 방법, 운동하는 방법 등 여러 이야기를 해 주면서 용기를 주었다. 반 친구들이 특별히 잘못한 상황이 아니었다. 태성이가 적극적으로 다가가서 해야 할 부분이었다.

　외동아들을 둔 나는 지나치게 많이 감정이입이 됐다. 주변 선생님들은 이럴 때일수록 엄마가 힘을 내서 객관적 시선으로 보라고 했다. 말이 쉽지 그게 내 뜻대로 되는 게 아니었다. 그래도 마음을 추스르고 나도 아이와 함께 배우는 중이다. 방학 중에 아이와 함께 여러 가지 놀이도 하고, 여행도 가고 마음을 달래주고 공부도 열심히 했다. 마음이 단단해지길 바라면서 시간이 흘렀다.

드디어 6학년 2학기 개학을 했다. 아이 걱정에 악몽도 꾸고 힘들다. 아이 또한 꿈을 꾸면 현실로 일어난다고 한다. 이 또한 지나가리라 믿고 열심히 내 마음과 아이 마음을 다독였다.

남편 또한 나만큼 충격을 받았는지 말을 아끼고 있다. 자기가 "아이를 돌봐주지 못했구나!"라고 한숨을 쉬면서 말을 했다. 우리가 충격을 받은 만큼 아이는 자기 잘못이라 생각하고 있었다. 그렇지 않다고 너의 잘못이 아니라고 계속 말해 주었다. "여러 사람이 있듯이 사람마다 각자 성격과 기질이 다르기 때문에 우리 포기하지 말자. 너에게는 아직 많은 시간이 있어 괜찮아."라고 말해 주었다. 이 시기만 지나면 "그때 그랬지."라고 말할 날이 올 거다. 우리 가족도 더 돈독해지고 좋아질 거라 믿는다.

   잔소리하는 엄마, 투덜대는 아이

친구 사귀기 너무 힘들다

오태성

　어린이집 다닐 때는 친구들과 잘 어울렸다. 그곳에는 놀이터가 있었는데, 암벽처럼 놀 수 있는 공간이 있었다. 친구들과 암벽 등반 놀이를 하며 놀았던 게 기억이 난다. 5학년 때까지도 친구들과 사이가 좋았다. 교실에서 보드 게임하거나 나무토막으로 전쟁놀이를 하는 등 점심시간마다 즐거웠다. 6학년이 되자 어렸을 때 친했던 친구들이 같은 반이 되었다. 어린이집 다닐 때 친하게 지냈던 친구들이다. 잘 지낼 거라 생각했다. 나에게 말을 걸어오는 친구가 없었다. 내가 먼저 말을 걸어본 적도 많다. 친구들은 관심을 가져주지 않았다. 이미 친한 친구들이 있었다.

　5학년 때는 그래도 같은 반에 친한 친구가 있었는데, 6학년 되어서는 친구가 나에게 말을 안 걸어준다. 5학년 때 강민이, 하율이와는 점심시간에 같이 보드게임을 하거나 교실 안에서 놀며 친하게 지냈었다. 보드게임 중에서 경찰과 도둑 게임이 있는데 강민이 말고도 네 명 또는 다섯 명이 함께 어울려 놀았다. 복도에서 친구들과 경찰과 도둑 놀이를 한 적도 있다. 나와 강민이는 도둑 역할이었다. 복도에서 나와 강민이는 경찰에 잡히지 않기 도망을 다녔다. 복도 1층, 2층과 운동장까지 왔다 갔다 하며 뛰어다녔다. 하도 뛰어다녔더니 땀도 나고 발바닥도 아팠다. 복도에서 뛰면 선생님한테 혼날까 봐 선생님을 만나면 바로 걷고, 선생님이 지나가면 바로 뛰었다. 점심시간이 끝나고는 교실에 돌아와서 다시 공부했지만, 친구들과 점심시간에 재밌게 놀고 나면 공부도 집중이 잘 되었다. 수학 학원에서도 수업하기 전 친구들과 얼음 땡이나 술래잡기를 하며 놀고는 했다.

왜 그런지 모르겠다. 나도 노력을 하는데 친구들이 말을 안 걸어준다. 친구들과 놀기 위해 게임을 하는데 계속 져서 안 된다고 했다. 로블록스라는 스마트폰 게임이었다. 나는 브롤스타즈나 쿠키런 킹덤 같은 게임을 더 잘한다. 로블록스도 못 하는 건 아닌데, 팀으로 하는 경우에는 게임을 못 한다고 껴 주지 않았다.

　로블록스라는 게임을 잘해 보고 싶다. 다른 친구들은 게임을 잘하므로 나도 게임을 잘하면 친구들과 같이 놀 수 있지 않을까 생각했기 때문이다. 몇 번 연습을 해 보았지만 가끔 하는 걸로도 실력이 많이 올라가지 않는다. 여전히 게임 레벨이 낮고, 친구들과 함께 하기는 어려운 편이다.

　운동을 친구들에 비해 잘하지는 못하지만, 태권도와 야구를 좋아한다. 친구들은 축구를 잘하는데 나는 축구를 못해서 남자 친구들과 놀지 못한다. 친구들은 수업하기 전과 점심시간에 축구를 한다. 축구는 반 전체가 함께 한다. 여자 친구들도 함께 한다. 스무 명 정도가 열 명씩 나눠서 하는 거다. 나는 축구를 잘하지 못해서 억지로 하는 편이다. '못 하면 어떻게 하지?'라는 생각이 든다. 친구들이 나한테 직접적으로 뭐라고 하지는 않지만 불안하고 걱정이 된다.

　학교에서 야구를 하면 나도 잘할 수 있는데, 초등학교는 야구 대신 티볼을 한다. 티볼을 할 때도 열 명씩 나누어서 한다. 나는 유격수를 한다. 유격수는 어려운 자리다. 웬만한 사람들은 오른손잡이라서 왼쪽으로 치기 때문에 왼쪽을 잘 막는 사람이어야 한다. 내가 잘 막는 편이라 유격수를 담당하고 있다. 5학년 때 야구를 잘하는 반과 대항했을 때 엄청 빠른 공을 잘 막은 적이 있다. 글러브를 꼈는데도 손이 빨개질 정도로 센 공이었다. 친구들은 와 소리를 질렀고, 응원해 주었다. 학교 수업 시간에 하는 축구나 티볼은 그런대로 참여를 하는데, 점심시간이 되면 친구들은 주로 축구를 한다. 이때는 수업 시간이 아니라 축구팀에 끼워주지 않는다. 만약 야구나 티볼을 한다면 함께할 수 있을 텐데 아쉽다.

평소에 나는 친구들에게 말을 잘 걸지 않는 편이다. 그런데 내가 한 친구에게 "우리 함께 놀자."라고 말을 하자 다른 친구가 와서 그 친구에게 "저기 가자."라고 하고 둘이 나를 두고 가버렸다. 나는 순간 실망해서 아무 말도 못했다. 어떻게 해야 하지 갑자기 뻘쭘해져서 내 자리로 돌아갔다. 나에게 말을 걸어주는 친구가 있으면 좋겠다. 말을 걸어주는 친구가 있으면 정말 좋은 친구가 되고 싶다. 엄마와 이 문제로 이야기를 매일 하고 있다. 내가 먼저 다가가서 친구와 잘 지내는 방법 등 여러 가지로 고민했다.

방학이 시작되고 학원에서 오랜 시간 공부를 했다. 영어, 수학, 국어, 태권도, 야구를 다니면서 더운 여름을 보낸 것

    잔소리하는 엄마, 투덜대는 아이

같다. 중학교 가기 위해 공부를 열심히 했다. 방학이라 학교 생각을 안 해서 편했다. 한 달 반 지나서 개학이 다가오면서, 점점 걱정이 많이 돼서 힘들었다.

이번엔 잘 지낼 수 있을까? 꿈에서도 같은 꿈이 계속 나왔다. 꿈에서 나온 장소는 학교와 학원이었다. 친구들도 다 나왔다. 꿈에서도 친구들에게 말을 걸어본 적이 있다. 그때도 친구들이 대답하지 않았다. 꿈이 계속 현실로 이루어지는 게 싫었다. 아마 내가 힘들어서 꿈을 꾼 걸까?

개학 후 2주 동안 나름대로 친구에게 먼저 다가가고 이야기하고 경청해 주려 노력했다. 그런데 상황은 1학기 때와 변한 게 별로 없었다. 슬프고 눈물이 계속 났다. 엄마가 나의 힘듦을 보시고 걱정하지 말라고 도와주겠다고 하셨다. 잠시나마 안심이 됐다. 졸업하고 나면 중학교 가서 무조건 친구 한 명은 사귈 거다. 말을 걸고 같이 놀 거다. 친구와 야구도 하고, 보드게임도 같이 하고 싶다. 밥도 같이 먹고 싶다. 이렇게 하려면 용기 내어 친구의 이름을 불러보는 게 필요하다. 진짜 용기는 먼저 다가가려고 하는 마음이다. 지금보다 더 용기를 내서 친구에게 다가가도록 연습해야겠다.

친구가 생기면 같이 짜장면, 떡볶이, 라면 등 간식을 사 먹고 싶다. 보드게임도 함께 하고 싶다. 기회가 되면 노래방도 가서 신나게 노래도 부르고 싶다.

여자 친구도 사귀고 싶다. 엄마는 아직이라 하지만 좋은 친구가 생기면 좋을 것 같다. 지금까지 사귄 여자 친구가 없다. 내 친구들은 많은데 나만 없으니 창피했다. 좋아한다고 하면 차이기도 하고 그때마다 슬펐다. 좀 더 시간이 지나면 좋은 여자 친구가 생길 거니 조바심 내지 말아야겠다. 지금은 여자 친구도 없고, 교실에서 내 이야기를 잘 들어주는 친구도 없지만 언젠가는 마음을 알아주는 친구가 생길 거라 생각한다. 그때까지 내가 나를 단단하게 잘 만들어야겠다. 친구 사귀는 것을 두려워하지 않고, 계속 노력해서 이 기회를 통해 다시 한번 돌아보도록 하겠다. 나는 계속 성장할 거다. 지금의 시기를 두려워하지 않을 거다.

 잔소리하는 엄마, 투덜대는 아이

짜증이 멈춘 자리
아이와의 진심을 발견하다

안지언

새벽은 온전히 나에게 집중할 수 있도록 허락된, 어떤 간섭도 없는 시간이다. 눈뜨자마자 몸을 깨우는 스트레칭과 따뜻한 물 한 잔, 명상, 독서를 나만의 루틴으로 만들었다. 흔들리는 마음을 다잡고자 시작했던 루틴을 꾸준히 실천하자 마음이 정리되어서 하루를 가볍게 열었다.

루틴은 단순한 습관을 넘어 하루를 대하는 태도 자체를 바꾸어 놓았다. 루틴 덕분에 복잡하고 돌발적인 상황에서도 감정에 쉽게 휘둘리지 않고 평정심을 유지할 수 있었다.

문제는 출장이 있을 때였다. 매일 반복하던 루틴을 실천할 수 없게 되자, 루틴을 놓쳤다는 아쉬움이 곧 짜증으로 변했다. 나도 모르게 얼굴에 인상을 쓰고 말았다. 루틴을 통해 얻었던 가벼운 하루를 놓칠까에 대한 두려움 때문이었다.

새벽 5시, 6시 30분 기차를 타기 위해 평소보다 일찍 집을 나서야 했다. 하필이면 바쁜 순간, 평소 아침밥도 안 먹던 아이가 밥을 빨리 먹겠다고 했다. 그 말 한마디에 참을 수 없는 짜증이 순식간에 치밀었다. 마음이 조급해지자 잔소리가 튀어나왔고, 시간이 부족한 건데 엉뚱하게 아이 탓을 하고 말았다.

빨리 먹겠다는 단순한 말에 나는 불쑥 '어제 숙제 안 하고 잤지?'라며 아이의 지난 잘못들을 굳이 하나하나 끄집어냈다. 바쁜 와중에도 스스로 감정을 제어하지 못해 쏟아내고 말았다.

한참 동안 내 잔소리를 듣고 있던 아이는 '나 밥 안 먹어.'라며 식사를 포기했다. 내가 원하는 대로 흘러가지 않는다는 조급함 때문에 아이의 마음을 불편하게 만든 잔소리였다. 그렇게 시작된 짜증은 하루의 시작을 엉망으로 망쳐버렸다.

지금 아파트로 이사 온 지 칠 년, 그때 화장실을 고쳐야 했다. 집을 사고 나니 돈이 부족해 수리를 포기했던 것이 문제였다. 당시에는 세면대와 변기가 당장 불편함이 없었고, 물만 잘 내려가면 된다고 안일하게 생각했다. 살면서 보이지 않던 문제들이 하나둘씩 보였다.

처음에는 대수롭지 않게 여겼던 문제들이 시간이 흐를수록 심각해졌다. 환기팬은 제 기능을 하지 못해 벽면 타일에 시커먼 곰팡이가 올라왔고, 세면대는 매일 막혀 세제를 부었다. 변기는 아무리 닦아도 누런 묵은 때가 지워지지 않았다.

큰마음 먹고 견적을 받았다. 예상보다 큰 금액에 망설였다. '이 정도는 더 참을 수 있지 않을까, 칠 년도 버텼는데.' 다시 미루고 싶은 유혹이 들었다. 날씨가 시원해지면 그때 고치자. 가만히 있어도 땀이 줄줄 흐르는 무더위에 굳이 큰돈까지 들여야 하나 싶었다. 지금 아니면 영원히 고칠 수도 없다는 생각이 겹쳤다.

공사 날짜를 잡았다. 살림하며 집을 고치는 일은 두 배로 불편함이 따라왔다. 온 집안에 퍼지는 먼지와 소음, 이웃에 대한 불편함까지 더해지자 짜증을 주체할 수 없었다.

분명 내가 시작한 일이었지만, 힘든 과정을 견디는 동안 나도 모르게 누군가에게 '괜찮아, 잘했어.' 격려와 확신을 받고 싶었던 모양이다.

혜승이는 학원에 오래 다니지 못했다. 학원 수준이 맞지 않아 그만두기도 했다. 숙제가 많다며 가기 싫다고 투정을 부렸다. 여러 학원을 옮겨 다녀야 했다.

학원마다 적응하지 못하는 모습을 보며, 아이가 학원이라는 환경 자체를 힘들어하는 게 아닌지 심각하게 고민했다. 고민 끝에 몇 달 동안은 학원을 보내지 않고 마음껏 놀게 했다. 아이에게 자유를 주었지만, 지켜보는 나는 불안으로 가득 찼다.

같은 반 친구들이 중학교 선행학습을 한다는 말에 마음이 편치 않았다. 옆에서 보던 여동생마저 아이를 놀게만 두는 것이 아니냐며 걱정스럽게 한마디 거들었다.

점심시간을 이용해 학교 근처 학원 몇 곳을 찾아 상담했다. 한 학원에서는 테스트 결과 아이의 수준이 맞지 않아 가르치기 어렵다는 거절의 말도 들었다.

학원에서 거절당한 충격에 속이 부글거렸다. 이동 중에도 '이걸 어쩌면 좋아.'라는 말이 계속 터져 나왔다. 마지막으로 한 곳만 더 가보고, 안 되면 포기하자는 심정이었다. 반갑게 맞아주는 선생님의 목소리에 힘을 얻어 상담을 마쳤고, 다음 날 아이와 함께 다시 방문하기로 했다.

수업을 마친 아이를 데리고 한달음에 달려갔다. 수준을 파

악하셨는지 가르쳐 보겠다며 '내일부터 바로 시작하죠.'

아이를 학원에 보내었어도 불안한 마음은 쉽게 사라지지 않았다. '혹시 또 포기한다고 하지는 않을까?' 다행히 학원 선생님이 아이의 마음을 헤아려 주었나 보다. 적절한 당근과 채찍으로 아이 마음을 움직이신 듯하다.

예전 같으면 하기 싫은 티를 팍팍 냈을 텐데, 숙제를 챙기고 어려운 문제에 도전하고 있다. 아이에게 맞는 속도와 방법이 분명히 있었다. 그저 남들보다 뒤처질까에 대한 염려만 했다.

아이의 생활 습관을 바꾸기는 쉽지 않았다. 빨래 바구니에 입은 옷 넣기, 제자리에 가방 걸기, 먹은 그릇 설거지통에 넣기 등 사소한 일상을 챙길 때마다 서로에게 짜증을 내는 날이 늘었다. 습관을 들이기 위해 금전적 보상까지 동원해 보았다. 어떤 방법도 며칠을 넘기지 못하고, 원래 습관으로 돌아오기 일쑤였다.

다시 입으로 잔소리를 쏟아내게 되었고 짜증은 걷잡을 수 없이 커졌다. 아이 습관이 고쳐지지 않으니, 잔소리는 줄어들 기미를 보이지 않았다. 이러다가는 관계마저 나빠질까 염려되었다.

짜증은 장소를 가리지 않고 언제든지 터져 나올 수 있었다. 불편하고 짜증 나는 감정을 해소하는 방법 중 첫째는 아이가 자신의 견해를 설명할 때 끝까지 들어주는 것이었다. 중간에 말을 끊으면 아이가 더 짜증을 내며 반발할 수 있기 때문이다.

둘째는 아이의 감정에 공감하고 인정해주는 거다. '하기 싫었구나.', '피곤했겠구나.' 같이 마음을 먼저 읽어주고 공감해주면 아이는 잔소리를 듣고도 반발하기보다는 마음을 열게 될 거다. 감정이 상한 상태에서는 어떤 말도 들어오지 않기 때문이다.

셋째는 잔소리 대신 선택권을 주는 거다. 예를 들어 '왜 또 양치 안 했어?'라고 다그치기보다는 '양치를 지금 할래, 5분 뒤에 할래?' 선택지를 주는 거였다. 아이가 스스로 선택했다고 느끼게 하면 책임감도 함께 길러줄 수 있었다.

짜증을 줄이고 관계를 회복하는 열쇠는 아이의 습관을 고치는 데 있지 않았다. 아이를 다그치는 잔소리 대신 끝까지 경청하고, 진심으로 공감하며, 스스로 선택할 기회를 주는 세 가지 노력이 필요했다.

혜승이와 내가 서로에게 짜증을 낼 수밖에 없었던 이유를 알았다. 갈등의 시작은 아이의 눈높이에서 이해하려는 노력 없이, 어른의 시선으로만 바라보았기 때문이다. 서로의 진심과 진짜 마음은 헤아리지 못한 채, 불편하고 짜증 나는 감정만을 터뜨려 관계를 힘들게 만들었던 거다.

아이에게 화를 내고 나면 늘 후회라는 손님이 찾아온다. 내 안의 짜증을 멈춰야만 아이의 진심이 보인다는 것을. "엄마 나 좀 봐줘요.", "내 마음은 이래요." 투정 뒤에 숨겨져 있던 아이의 서툰 고백들.

감정의 소음을 걷어내니 아이의 예쁜 마음이 들린다. 오늘도 우리는 이렇게 함께 자란다.

엄마는 잔소리꾼

정진욱

평소보다 빨리 눈이 떠지지 않았다. "일어나, 학교 가야지." 언성이 높아진 엄마의 목소리가 날카롭게 들렸다. 피곤해 죽겠는데 시계를 보니 벌써 7시 50분. 순간 마음이 급해졌다. 밥을 먹고 이를 닦고 가기에는 부족한 시간이다.

선생님은 무서운 분이었다. 학교에 갈 때만큼은 지각하지 않겠다고 마음먹었었다. 2학년 때는 늦잠 때문에 자주 지각했다. 지각할 때마다 마음이 급해져 학교까지 정신없이 뛰었고, 학교에 도착해서도 한동안 정신을 차릴 수 없었다.

지각 습관은 2학년 때 고쳤다. 지각하면 선생님께 혼나야 했고, 꾸중이 싫어서 굳게 마음먹고 습관을 바꿨다.

학교에 일찍 간다. 학교에 가면 텅 비어 나 혼자뿐이다. 일찍 온 몇몇 친구들과 보드게임을 하거나 대화를 나눈다. 보드게임을 하다 보면 한산했던 교실에 친구들이 몰려와 시끄러워진다. 학교에 늦지 않으려 서두르는 것이 습관이 되어 일찍 일어나게 되었는데, 그러다 보니 1교시가 시작되면 졸음이 쏟아진다. 몸이 나른하게 피곤해지면서 눈꺼풀이 무거워지는 것이다.

우리 반은 '으쓱 머쓱 제도'를 시행하고 있다. 이 제도는 장난을 치면 포인트가 차감되고, 반대로 잘하는 학생에게는 포인트를 주는 방식이다. 선생님이 학생들의 집중을 유도하기 위해 만든 제도이지만, 1교시부터 졸음이 쏟아지면 선생님과 다른 친구들의 눈치가 보였다.

2교시 정도 되면 친구들에게서도 슬며시 피곤하다는 눈빛이 느껴진다. 선생님은 집중하지 않는 친구들에게 먼저 경고한다. 경고받은 후에도 태도가 개선되지 않으면 선생님은 해당 친구에게 '머쓱'(포인트 차감)을 부여한다. 친구들은 포인트가 차감될까? 극도로 피곤한 눈빛을 보이지 않으려 애쓴다. 나 역시 '머쓱'을 받고 싶지 않아 온 힘을 다해 잠을 참아본다.

학교 수업이 끝나자마자 나의 유혹꾼 조하율이 야구 하자고 했다. 순식간에 학원 가기 싫은 마음이 솟구쳤다. '학원은 굳이 왜 다녀야 하나?' 하는 수 없었다. 집중해서 공부하기로 마음을 다잡았다.

평소 나에게 야구를 못 한다고 놀리던 친구에게서 "오늘 놀래?" 하고 문자가 왔다. 바로 "응! 놀자." 답하자. "다섯 시까지 구슬 공원으로 와." 문자가 뒤따랐다. 시간에 맞춰 공원으로 나갔다. 정말 오랜만에 온 문자라 반가운 마음이 컸다.

막상 만나 보니, 친구는 예전과는 달리 엄청 소심한 아이가 되어 있었다. 친구는 겨우 입을 열어 "예전에 너한테 공부도 못하고 체육도 못 한다고 놀려서 미안해."라고 말했다. 진심 어린 한마디에 내 기분이 묘하게 이상해졌다.

알고 보니 친구도 나처럼 괴롭힘을 당하고 있었던 것이었다. 괴롭힘을 당한 적이 있었기에 그 마음이 충분히 이해가 갔다. 그렇게 나한테 잔소리하던 친구가 180도 바뀌니 당황스러웠다.

그 친구가 나한테 사과했을 때 들었던 기분은 굉장히 어색했다. 그 친구는 사과를 잘 하지 않는 친구였기 때문이다. 친구랑은 야구만 같이하는 사이다. 그렇게까지는 친하지 않지만, 그때라도 사과해서 마음이 한편으로는 편하다.

　집에 돌아오니 엄마는 이미 퇴근해 있었다. 그날따라 기분은 참 묘했다. 엄마의 잔소리는 변함이 없었다. 야구 경기를 보고 있으면, 엄마는 다짜고짜 "안 끄냐? 할 숙제가 얼마나 많은데! 당장 꺼!" 하고 다그치셨다. 본 지 얼마 되지도 않았는데, 무작정 잔소리를 쏟아내는 엄마가 야속했다. 대화 자체가 통하지 않는다는 생각에 답답한 감정도 밀려들었다.
　분명 나를 생각해서 한 말이었을 텐데. 돌아오는 건 구박뿐이라는 생각에 서운했다. 결국 그날 우리는 서로에게 좋은 감정을 가질 수 없었다. 엄마에게 그 친구가 나한테 사과했다고 말하니 감정이 내려갔다. 위로해 주어서 기분이 편안해졌다.

　매주 토요일마다 합창 연습은 의무처럼 느껴졌다. 엄마는 계속해서 가라고 재촉했지만 나는 도무지 가기가 싫었다. 대회 준비로 연습 시간이 길어지는 데다, 주말의 자유를 통째로 빼앗기는 것이 스트레스였다. 지휘자님은 나를 포함한 몇 명에게 "그렇게 음도 못 올리냐?"며 심리적 압박을 주곤 했다. 그럴 때마다 힘들어서 합창단을 당장이라도 나가 버리고 싶다는 생각이 끊이지 않았다. 이럴수록 잔소리꾼들을 피해 학교 친구들과 야구하고 싶은 마음이 간절해졌다.

공교롭게도, 친구들과 야구 할 때조차도 입이 거친 친구는 나에게 못한다며 구박했다. 신기하게도, 나 또한 그 친구처럼 못하는 사람을 구박하고 나면 억눌렀던 마음 한구석이 상쾌해지는 것을 느꼈다.

학교를 마치고 나면, 나의 '유혹꾼' 친구와 잔소리꾼 엄마 사이에서 갈등했다. 엄마의 잔소리와 단호한 학원 선생님의 꾸중은 나를 억압했지만, 포기하지 않겠다는 오기로 변해 이를 갈고 공부하는 원동력이 되었다.

그리고 가장 묘하고 복잡한 감정은 야구장에서 찾아왔다. 합창단에서 심리적 압박을 받아 힘들었던 내가, 친구의 구박을 피하고자 도망쳤던 내가, 어느새 다른 친구에게 반박하고 나면 마음 한구석이 상쾌해지는 모순적인 모습을 발견한 것이다.

나의 하루는 잔소리와 오기, 짜증이 쉴 새 없이 충돌하는 과정이었다. 여전히 여러 감정 속에서 흔들리고 있지만, 세상으로부터 스스로 지키고 더 나은 나를 만들기 위한 성장통이었다.

　더 나은 나를 위해 노력하며 성장하는 과정은 멈추지 않을 것이다. 경험을 발판 삼아 외부 환경에 흔들리지 않을 것이다. 오늘의 고난은 더 강하게 빛날 내일을 위한 과정이라는 걸 기억하려 한다.

매일의 하루

나진희

'삡…삡…삡….' 오전 6시 30분. 알람 소리와 함께 하루가 시작되었다. 30분 안에 서둘러서 출근 준비를 마치고 주호를 깨웠다. 좋은 아침이야. 아침 인사로 시작했다. 끌어안기도 하고 뽀뽀도 해봤다. 팔, 다리를 주물러도 봤지만, 꼼짝도 안 하고 인상만 썼다. 결국 깨우지 못했다. 뒷일은 함께 지내는 친정엄마에게 맡기고 출근했다. 학교 가는 날에 혼자 일어나는 일만큼은 스스로 했으면 좋겠다고 생각하며 일터에 도착했다. 등교 시간이 지나도록 아이에게서 연락이 없는 걸 보니 학교에 잘 간 것 같았다.

점심시간이 지나고 오후에는 회의에 참석했다. 한창 회의가 진행되고 있을 때 휴대전화에서 진동이 울렸다. 주호의 전화였다. '학교에서 무슨 일이 있었나? 아픈 건 아닌가?' 여러 가지 생각을 하면서 허리를 'ㄱ' 자로 굽히고 조용히 회의실을 나왔다. 전화를 받았다. "여보세요?" 아이가 말하기 시작했다. "엄마! 이제 학교 마치고 집에 가는 길이야. 유치원 옆을 지나가고 있는데 노랑나비가 보여. 이 말 해주려고 전화했어." 별일 아님에 안도하면서 대답했다. "주호야. 엄마가 중요한 회의 중이라서 전화를 끊어야 해." 아이는 전화를 끊자는 말을 못 들은 건지 끊기가 싫은 건지 계속 말을 이어갔다. 나비가 어느 방향으로 날아가는지 계속 설명했다. 조용하고 낮고 단호하게 이제 전화를 끊어야 한다고 다시 말했다. 겨우 전화를 끊고 회의장으로 돌아왔다. 특별한 일은 아니어서 다행이라 생각하면서도 아이의 말을 충분히 들어주지 못하고 끊게 해서 마음이 좋지 않았다.

퇴근해서 집에 오니 밥 냄새가 났다. 친정엄마가 저녁을 차려놓았다. 주호와 함께 식탁에 앉았다. 아이는 밥을 조금만 달라고 했다. 고등어구이로 밥을 깨작깨작 먹더니 금세 배가 부르다고 했다. 나물도 먹고 두부도 먹어보라 권했지만 대꾸가 없었다. 오늘도 편의점에서 컵라면을 먹었냐고 물으니 아니라고 짧게 말했다. 밥을 제대로 안 먹는 걸 보니 아마도 컵라면을 먹은 것 같다. 아이는 후다닥 도복으로 갈아입더니 태권도 학원으로 사라졌다. 혼자 남은 밥상은 기분도 맛도 반절이다. 저녁을 먹는 둥 마는 둥 하고 밥상을 정리했다. 낮에 통화를 성의 없이 한 것 같아서 저녁만큼은 같이 먹으면서 이야기도 듣고 위로해 주고 싶었다. 엄마 마음은 모른 채 밥도 제대로 안 먹고 도망가듯 사라진 아이가 야속했다.

태권도를 마친 주호는 땀에 흠뻑 젖어서 들어왔다. 집에 들어온 아이를 보자마자 샤워부터 하라고 말했다. 짜증 섞인 대답이 들렸다. "내가 알아서 할게." 알아서 한다더니 한참을 꾸물거렸다. 욕실로 가는 길에 거실 바닥에 놓여 있던 장난감 총을 '드르륵' 쐈다. 그러더니 곁에 있던 코코(반려견)와 공으로 놀았다. 욕실에 들어가는 걸 기다리고 있자니 속에서 천불이 났다. 지켜보던 시간이 10분, 20분 지나고 30분이 지나갔다.

30분 만에 욕실에 들어가서 20분 동안 씻고 나왔다. 잠자리 독서도 해야 하고 수학 문제집도 1장 풀어야 했다. 시계는 이미 9시가 다 되었다. 주호는 식탁에서 책과 수학 문제집을 놓고 앉아 있는 엄마에게 눈길을 주지 않았다. 거실에 있는 자기 책상에 앉아서 아이북을 펼치더니 타자 연습을 했다. 더는 기다리기 어려웠다. "주호야. 이제 우리 책 읽고 수학 문제집 풀 시간이야." 타자 연습을 하는 아이는 대꾸가 없었다. 감정을 누르고 최대한 친절하게 타자 연습을 그만하자고 말했다. 아이는 아이북을 '탁!' 덮으면서 "엄마 때문에 타자가 틀려서 새로운 기록을 세우지 못했잖아." 하며 신경질을 부렸다.

드디어 수학 문제집이 놓여 있는 식탁으로 자리를 옮겨왔다. 표정이 뚱한 게 마지못해 앉은 모습이었다. 수학은 왜 하는 거냐며 연필을 잡지 않고 고집을 부렸다. 더 멋진 사람이 되기 위해 꼭 필요한 과정이라며 어르고 달래면서 수학 문제집 1장을 풀렸다. 책 읽기는 못 했고 밤 10시가 되어서야 아이는 잠자리에 들 준비를 했다. 잘 준비하는 아이에게 내일은 낮에 미리 해놓고 놀자고 한마디를 더했다. 아이는 방문을 '탕!' 닫고 들어갔다.

밤 10시. 고요한 시간이었다. 습관적으로 휴대전화를 들고 유튜브를 틀었다. TV에 방영 중인 〈금쪽같은 내 새끼〉의 편집 영상들이 목록에서 보였다. 그중 하나를 보기 시작했다.

거실에 책상이 있는 가정의 모습이었다. 냉장고 옆에는 엄마의 글씨로 적힌 공부 계획표가 붙어 있었다. 하루의 목표량만큼 공부시키려는 엄마와 따라 하지 못하는 아이가 보였다. 엄마의 목소리는 점점 커지고 눈빛도 점점 강해졌다. 결국 아이는 눈물을 뚝뚝 흘리며 소리 지른다. '엄마 싫어!' 가장 소중한 서로에게 날을 세우며 상처를 주고 있었다.

주호와 함께했던 나의 모습을 되돌아봤다. 영상 속에서 본 엄마의 모습과 다를 바가 없었다. 저녁 내내 내 생각대로 따르도록 지시했다. 밥은 골고루 맛있게 먹을 것. 집에 들어오면 바로 씻을 것. 매일 책 읽기를 하고 수학 문제집을 풀 것. 처지를 바꾸어 생각해 봤다. 누군가가 나에게 '배고파. 밥 줘. 왜 이렇게 먼지가 많아? 청소할 시간이야. 내 옷은 어디 둔 거야? 아직 그 옷 안 빨았어?' 쉴 틈 없이 말하면 숨이 막힐 것 같았다. 계속 듣고 있느니 집을 나가는 게 편하지 않았을까? 아이는 그동안 꾸물거림과 자리를 피하는 것으로 마음을 표현하고 있었던 것 같았다.

일하는 엄마라서 아이와 보내는 시간이 짧았다. 짧은 시간 안에 많은 걸 해내려고 하는 '좋은 엄마'의 마음을 가지고 있었다. 엄마의 생각은 그렇지만 아이의 생각은 달랐을 것 같

  잔소리하는 엄마, 투덜대는 아이

다. 엄마 계획대로 움직이게 하는 것보다 본인을 존중해 주는 게 더 좋은 엄마이지 않았을까 싶었다. 다음 날. 아이가 원하는 저녁 일상을 적어보도록 했다. 할 수 있는 것들만 적고 스스로 계획한 것들을 지키도록 약속했다. 아이가 선택한 건 골고루 밥 먹기, 태권도 다녀오면 바로 씻기, 책 읽기였다. 그리고 스스로 잘 해냈다. 오랜만에 서로 안아주고 잠자리에 드는 평화로운 저녁 시간을 보냈다. 당분간은 아이 스스로 하루를 정리할 수 있도록 기다려 보기로 했다.

엄마에게 짜증을 내는 이유

진주호

흔들흔들 따뜻한 무언가가 내 몸을 흔들어 주고 있다. 다리도 주물러 주었다. 아직 창밖이 컴컴한 걸 보니 대략 6시쯤인 것 같다. 보통 새벽 5시에 할머니는 수영하러 간다. 매일 아파트 안에 있는 수영장으로 수영하러 가서 7시 정도에 들어온다. 할머니는 수영하러 간 상태이다. 그러면 나를 흔들어 주는 손은 엄마의 손일 거다. 눈을 살짝 떠봤더니 내 생각대로 엄마가 있었다.

나는 장난기가 있는 편이다. 엄마에게 장난을 치려고 발을 들었는데, 발로 엄마의 턱을 차버렸다. '아차! 내 발에 엄마가 맞은 것 같은데 어떡하지?' 나는 자는 척을 했다. 엄마가 조용히 방에서 나갔다. 다시 잠이 들었다. 시간이 조금 흐르고 현관문 닫히는 소리에 잠이 깼다. 엄마, 아빠와 형이 나간 것

같았다. 발소리가 사라졌고 나도 일어나서 학교 갈 준비를
했다.

　학교와 학원을 모두 마치고 집에 들어갔다. 엄마가 진지한
분위기로 "옆에 앉아봐."라고 말했다. 순간 나는 '혹시 내가
민준이랑 싸운 거 들켰나?'라고 생각했다. 심장이 점점 빨리
뛰기 시작했다. 그런데 엄마의 분위기가 혼내는 것 같지는
않았다. "너 아침에 엄마 턱 쳤지?" 아니라고 대답했다. "주
호야, 잘 생각해 봐. 엄마가 턱을 맞은 것 같은데 진짜 생각
이 안 나니?" 엄마의 턱을 찬 건 기억이 났다. 하지만 엄마에
게 사실대로 말을 못 했다. 왜냐하면 엄마가 정말 아파 보였
기 때문이다.

　다음날에도 똑같이 흔들었다. 나는 엄마가 흔들지 않았으
면 좋겠다. 예전에는 엄마가 깨우지 않아도 내가 일찍 일어나
곤 했다. 엄마가 보통 7시 30분 정도에 출근하는데 엄마가 출
근할 때 대부분 깨어 있었다. 초등학교 저학년 때는 저절로
눈이 떠졌다. 그런데 4학년 이후부터 점점 아침에 일찍 일어
나는 것이 힘들었다. 5학년이 되어서는 엄마가 출근할 때마
다 내 몸을 흔들어 깨운다. 결국 나는 엄마한테 짜증을 냈다.

이게 바로 짜증을 내는 원인이다. 짜증은 상대방이 싫은 행동을 하거나 내가 싫은 행동을 받으면 생긴다. 짜증이 자주 생긴다는 것은 서로의 무언가가 잘 맞지 않는다는 거다. "아 진짜 흔들지 마요!", "그러면 화내지 말고 흔들지 말라고 해야지. 왜 화를 내니?" 엄마가 목소리를 높이니 나는 할 말이 없어졌다. 엄마는 그 이후 나를 흔들어 깨우지 않았다. 아침마다 나던 짜증이 사라졌다.

엄마가 나를 깨우지 않았으면 좋겠다고 말한 이후로 나는 스스로 일어나야 했다. 그러다가 문제가 생겼다. 토요일 아침이었다. 매주 토요일은 방과 후 수업으로 오케스트라 합주가 있다. 8시 50분까지 학교에 가야 했다. 눈을 떠보니 집에 아무도 없었다. 시계를 보니 9시 38분이었다. 핸드폰을 켰는데 엄마에게 부재중 전화 1통과 문자가 와 있었다. 핸드폰을 방해금지 기능으로 해놔서 전화와 문자가 온 것을 몰랐다. 어제 형과 문자로 다투었는데 그때 문자를 보지 않으려고 방해금지 기능을 활성화한 것이 생각났다.

엄마가 보낸 문자를 열었다. '주호야. 오늘 단복도 받아야 하고 비올라도 챙겨와야 하니 늦어도 수업에 꼭 다녀와야 해.' 가족들은 나를 깨워주지도 않고 아침부터 일이 있어서 다 나가버렸다. 수업에 늦게 들어가려면 눈치가 보여서 가기 싫었다. 그런데 단복을 받는 날이라서 늦어도 꼭 가야 했다. 다시 짜증이 났다. 엄마에게 전화했다. "아니. 왜 깨우지도 않고 다 나가 버린 거야. 나 늦어서 수업하러 가기 싫어. 진짜 가기 싫다고." 엄마는 내 말을 다 듣고 나서 달래주었다. "주호야. 수업에 늦더라도 안 가는 것보다는 가는 게 좋아. 엄마가 마치는 시간에 맞춰서 학교에 데리러 갈게. 기분 풀고 얼른 챙겨서 나가." 엄마 말을 들어도 기분이 완전히 풀리지 않았다. 대답도 안 하고 전화를 끊어버렸다.

수업에 늦었지만, 친구들이 반겨주었다. 오케스트라 선생님도 혼을 내지 않았다. 그리고 다음 주 연주회에 입을 단복도 받았다. 기분이 좋아졌다. 엄마 말을 듣고 늦어도 오기를 잘했다고 생각했다. 수업을 마치고 핸드폰을 보니 엄마에게 문자가 와있었다. "주호야. 마치면 전화해." 아침에 짜증 냈던 게 있어서 아무렇지도 않게 전화하려고 하니 어색했다. 그래도 꾹 참고 전화를 했다. 엄마의 목소리는 밝았다. 그리고 학교 중앙현관에서 기다리고 있다가 악기와 단복을 받아서 들어주었다. "주호가 좋아하는 설렁탕 먹으러 갈까?" 엄마는 내가 좋아하는 음식들을 잘 알고 있었다. 늦잠을 자고 지각해서 선생님께 꾸중을 들을까 봐 기분 나쁘게 시작한 하루였는데 마음이 조금씩 편해졌다.

두 번째 엄마에게 짜증을 내는 이유는 엄마는 내 화를 잘 받아주기 때문이었다. 사춘기 아이들은 기분이 자주 변하는 것 같다. 자라느라 호르몬 변화 때문에 감정 조절이 잘 안되는 거라고 책에서 본 적이 있다. 엄마가 나를 속상하게 한 적도 있지만 특별한 이유 없이 짜증이 나기도 했다. 늦잠을 자거나 해야 할 일들이 많으면 마음이 불편했다. 배가 고프거나 몸이 피곤하면 기분이 안 좋았다. 마음대로 신경질을 내면 제일 잘 받아주는 사람이 엄마였다. 그러다 보니 엄마에게 더 화를 많이 내는 것 같다. 짜증을 내고 나면 기분이 안 좋지만, 마음속에 불편한 느낌이 있는 건 더 힘들었다.

엄마가 "일어나라, 숙제해라, 씻어라." 잔소리할 때 짜증이 나는 건 당연했다. 조금만 기다려 주면 내가 스스로 할 텐데, 엄마가 먼저 하라고 말하면 날 믿어주지 않는 것 같아서 속상한 마음이 들었다. 하지만 가끔은 엄마가 제일 편해서 짜증을 낸다는 걸 알았으면 좋겠다. 요즘 들어 버릇없이 대화할 때도 많았다. 엄마가 "학원 갈 시간이야."라고 하면 "가려고 하잖아!" 하며 신경질을 부렸다. 엄마가 잘못도 없는데 나쁜 감정을 다 받아줄 필요는 없는 것 같다. 나도 짜증 내지 않고 내 마음을 잘 표현하는 방법을 계속 찾아봐야겠다.

제 2 장

동상이몽, 우리들의 이야기

눈사람을 맞추지 못한 날

박지은

　손끝보다 영상으로 경험을 쌓는 세상이 되었다. 색깔도, 소리도, 감정도 디지털 속에서 빠르게 지나간다. 아이가 손으로 느끼며 시간을 보내는 활동을 해 보게 하고 싶었다. 이것저것 찾아보다가 일주일에 한 번, 총 네 번의 〈도자기 체험〉 여름 방학 특강을 신청했다. 흙을 만지는 촉감이 아이에게 새로운 자극이 되기를 바랐다. 형태가 변해가는 과정을 손으로 느끼며 '집중'과 '기다림'을 배울 수 있다고 했다.

　수업 첫날, 책상 위에는 손바닥만 한 흙덩이가 놓여 있었다. 슬이는 처음 보는 친구들과 언니들 사이에 자리 잡고 앉았다. 낯섦과 호기심으로 시작한 첫 수업은 즐거움으로 마쳤다. 수업을 마친 첫날부터 다음 주가 빨리 오면 좋겠다며 손꼽아 기다렸다. 아이들이 수업하는 한 시간 동안 엄마들은 교실 밖에서 커피를 마시며 이런저런 이야기를 나눴다. "이번엔 화분을 만든대요.", "우리 애는 지난주에 손에 흙 묻히기 싫다고 했는데, 오늘은 신나서 왔어요." 화분과 접시를 만들며 세 번의 수업이 지나갔다.

마지막 네 번째 수업. 일찍 개학한 같은 학년 친구들은 수업에서 빠졌고, 3학년 언니들 세 명과 마지막 수업을 하게 되었다. 물레를 돌리며 사발그릇을 만드는 시간이었다. 물레 앞에 앉아 흙을 만지는 모습이 제법 진지했다. 작은 두 손으로 물레를 돌리고, 물을 묻혀 다시 틀을 잡아갔다. 동그랗게 입술까지 오므린 모습이 꽤나 집중하는 것 같았다. 모양이 흐트러질 때면 뒤에서 선생님이 잡아주었는데, 그 순간에 아이의 표정은 제법 진지해 보였다. 내 숨결이 아이 손에 닿아 집중력이 흐트러질까 봐 숨까지 죽였다. 사발그릇이 완성되고 나를 보며 환하게 웃는 모습은 '멋지지? 내가 만들었어!'라고 말하는 것 같았다.

체험 시간이 조금 남아서 간단하게 하나 더 만들기를 해보자고 도자기 선생님이 제안했다. "이번에는 찰흙으로 눈사

 잔소리하는 엄마, 투덜대는 아이

람을 만들어 볼까요? 자, 여기로 모이세요.” 아이들은 서로를 바라보며 와! 소리를 지르고는 책상 앞으로 달려갔다. 손에 찰흙만 쥐어도 재미있는지 키득거리며 웃음을 터뜨렸다. 아이들은, “우리, 눈사람 만들어서 엄마들 보고 누가 만들었는지 맞춰보라고 할까?”, “그래. 그러자. 작품 알아맞히기 게임!” 아이들은 엄마들에게 절대 보면 안 된다고 대기실에 가 있으라고 했다. 엄마들은 자리를 옮겨가며 말했다. “좋아. 대신 엄마들이 못 맞추더라도 실망하지 않기다!” 아이들은 모두 웃으며 “네.”라고 대답했다.

　　잠시 후, 작은 눈사람 네 개가 줄지어 놓였다. 얼굴과 발 크기가 같고 뾰족한 모자를 쓴 눈사람, 조그만 곰돌이 모양의 눈사람, 그리고 헬로키티를 닮은 두 개의 눈사람이 있었다. 헬로키티 중 하나는 평범했고, 다른 하나는 윙크를 하고 있었다. 눈으로 작품들을 훑으며 잠시 망설였다. 윙크하는 헬로키티 눈사람에 마음이 끌렸는데, 순간 ‘슬이가 제일 어리니까 가장 평범하게 만들었겠지.’라는 생각이 들었다. 평범한 헬로키티 눈사람을 골랐다. “이게 우리 딸 거 같아요.” 슬이는 웃지 않았다. 무표정이 답을 말해주었다. 3초쯤 버티더니 결국 울음을 터뜨렸다. 약속 따위는 아무 소용없었다. 그 사이 다른 엄마가 자기 딸의 눈사람을 맞히자 슬이는 어깨를 들썩이며 울먹였다. 잠시 울음을 그쳤다 다시 울기를 반복했다. 다른 엄마들이 차례차례 아이들의 작품을 맞추었고 나만 내 아이의 작품을 맞추지 못했다.

상황을 지켜보던 선생님이 부드러운 목소리로 말했다. "그럼 이번엔 내가 제일 잘 만든 눈사람을 한 번 골라 볼까요? 음, 이게 제일 멋지네." 선생님이 가리킨 건 윙크하는 눈사람이었다. 모두가 잘 만들었다며 칭찬해 주었지만, 아이의 눈물은 멈추지 않았다. 초3 언니들이 슬이를 안아주었지만, 아이는 언니들의 품에 안겨 계속 흐느꼈다.

집에 돌아오는 길에 아이가 입을 열었다. "엄마가 내 걸 맞힐 줄 알았어. 내 트레이드마크가 뭔지 몰라? 내가 엄마한테 윙크도 자주 하고, 그림 그릴 때도 항상 윙크하는 사람 그리잖아." 그제야 떠올랐다. 아이가 그림을 그릴 때면 꼭 한쪽 눈을 찡긋하게 그렸던 걸. 아이는 자기만의 '표시'를 눈사람에 새겨 넣었던 것이다. 왜 그걸 알아채지 못했을까. 차라리 맨 마지막에 고를걸. 왜 제일 먼저 골라 이 상황까지 오게 했을까. 후회가 밀려왔다. 다른 엄마들은 다 맞췄는데, 내 엄마만 맞추지 못한 게 너무 속상하다며 아이는 계속 울었다. 어떻게든 달래 보려고 안아주기도 하고, 눈물을 닦아주며 미안하다고도 했다. "그래도 선생님은 슬이 눈사람이 제일 멋지다고 했잖아. 슬이가 만든 게 최고 멋졌어!"

"그건 선생님이 위로하려고 한 거지. 선생님은 다 보고 있었으니까 내 거란 걸 알잖아. 울고 있는 나를 위로하려고 고른 거지. 진짜 멋져서 고른 게 아니라고. 그리고, 선생님이 고른 건 나한테 의미 없어." 맞는 말이었다. 위로하려던 말이 오히려 아이 마음을 더 아프게 한 꼴이 되었다. 내 눈치 없음이 두 번째로 이어졌다. 울음은 길어졌고 내 위로는 아이에게 도무지 닿지 않았다.

아이의 울음이 길어지니 미안한 마음이 점점 짜증으로 바뀌는 지점을 지나가고 있었다. 수많은 달램 끝에 결국 소리쳤다. "엄마가 못 맞추더라도 실망하지 않기로 약속했잖아. 언제까지 삐져 있을 거야?" 아이는 울면서도 계속 대꾸했다. "지금 내가 풀려고 노력하는 중인 거 안 보여? 엄마랑 얘기하고 있는 게 풀려고 애쓰는 거라고. 근데 엄마는 그것도 못 기다려 줘. 지금 내가 얼마나 속상한데. 엄마가 당연히 맞출 거라고 생각하고 약속한 거야. 엄마가 못 맞출 거라고는 상상도 못 했어. 화가 안 풀리는 걸 어떡하라고.” 맞다. 엄마의 위로에도 화가 안 풀리는 걸 어찌하겠는가?

아이는 엄마의 ‘눈치 없음’에 화가 난 것만은 아니었을 거다. ‘엄마라면 나를 알아봐 줄 거라는 믿음’이 무너진 거였다. 엄마라고 어찌 다 알 수 있겠는가. 그럼에도 아이는 한 번에 알아볼 거라고 믿었나 보다. 눈물을 멈추지 않았다. 이름을 불러도 울고, 손을 잡아줘도 울었다.

집에 돌아와서야 아이는 울음을 멈추었다. 한참 동안 마음이 무거웠다. 여름방학을 특별하게 만들어 주려고 신청했던 도자기 체험은, 처음의 환한 웃음만큼이나 잊지 못할 눈물도 남겼다.

그날 이후 ‘알아봐 주는 것’이 얼마나 중요한 의미인지 곱씹어 봤다. 아이는 앞으로도 자기만의 눈사람을 수없이 만들 것이다. 때로는 서툴고, 때로는 삐뚤빼뚤하고, 또 어떤 날은 남들과 다른 표정을 하고 있을 것이다. 그럴 때마다 아이의 흔적을 먼저 알아봐 주는 엄마이고 싶다. 그러기 위해 아이를 더 오래 바라보고, 더 세심히 들여다 보려 한다. 그리고

혹시나 내가 알아보지 못함에 아이가 실망하게 되면 마음이
풀릴 때까지 천천히 기다리려 한다.

걱정하는 마음 내려놓기

이현경

2025년 여름. 광화문 광장에서 어린이들을 위한 물놀이 행사를 했다. 초등 마지막 여름 방학을 보내는 6학년 아이들에게 작은 추억을 남겨주고 싶었다. "오늘 광화문 수영장 갈 사람!" 갑자기 제안한 거지만 서우 친구들 몇 명이 함께 간다 손들었다. 광화문역까지 지하철을 타고 가는 동안 아이들 수다가 계속해서 이어졌다. 5호선 광화문역에 내려 교보문고를 지나 출구로 나가니 세종대왕상이 보였다. 물놀이장 예약을 하지 못했으나 다행히 바로 입장이 가능했다. 긴 슬라이드와 커다란 수영장 두 개가 마련되어 있었다. 입구에서 팔찌를 받고 짐을 내려놓자마자 수영장으로 달려갔다. 슬라이드 타고, 한참 물놀이를 즐긴 뒤 광화문 분수로 옮겼다. 친구가 챙겨온 물총으로 두 명씩 짝을 지어 물총 놀이를 했다.

며칠 뒤 서우는 귀가 아프다 했다. 전날 귀가 간지럽다 해서 살짝 파준 게 문제였던 것 같다. 물기가 남은 상태에서 귀를 건드렸던 게 화근이었다. 스치기만 해도 아프다고 했다. 토요일 저녁부터 아프기 시작해 주말 지나면 바로 병원 가려 했다. 그런데 아픈 정도가 점점 심해졌다. 월요일까지 기다릴 수 없었다. 일요일에도 문을 여는 병원을 찾아가 보니 외이도염이라 했다. 외이도염은 귀에 염증이 생긴 거다. 바깥귀에 생기는 염증으로 세균에 의해 감염된 거라 했다. 친구들과 잘 놀다 왔는데, 귀를 건드려서 상처가 남은 셈이었다. 외이도염은 잘 낫지 않을 수 있어서 약 잘 챙겨 먹어야 했다. 휴가 중 하루 시간을 내어 다녀온 물놀이였는데 아프게 되니 마음이 편치 않았다. 귀를 볼 때마다 괜히 다녀온 건 아닐까 싶었지만 잘 놀고 좋은 기억이 남았으면 되지 않나 애써 마음 다잡았다.

서우는 5학년 때부터 구로 청소년 문화 예술센터에서 진행하는 관현악 수업을 듣고 있다. 수업은 구로구에서 진행하는 프로그램으로 "소리 어울"이라는 관현악단에서 진행하는 프로그램이다. 친구 다섯 명과 시작을 하여 2년째 수업을 들었다. 서우가 맡은 악기는 "얼후"이다. "얼후"는 우리나라의 해금과 비슷한 중국 현악기이다. 모양도 해금과 비슷하다. 처음 알게 된 악기였지만 새로운 악기를 배우는 터라 어떻게 연주하는지 궁금했다. 5학년 때는 초급반에서 기초를 배웠고, 6학년이 되면서 중급반이 되었다. 처음 배울 때는 손가락이 부르트고, 음이 어색하여 적응이 쉽지 않았다. 중급반부터는 합주 공연을 한다고 한다. 10월에는 구로아트밸리에서 합주 공연을 했다. 큰 무대에 나가는 거라 학교에도 공문이 왔다. 2년 동안 배우고 익힌 걸 무대 위에서 공연하니 의미 있는 시간이었다.

구로 청소년 문화 예술센터는 집에서 마을버스로 다섯 정거장 정도 거리다. 처음 몇 번은 엄마들이 번갈아 데려다주었다. 두세 번쯤 다녀 보니 아이들끼리도 충분히 다닐 수 있을 것 같았다. 그렇게 해서 5학년 아이들 네 명이 토요일 아침마다 마을버스를 타고 관현악 수업을 받으러 다녔다. 친구 한 명은 사는 곳이 달라 다른 곳에서 출발했다. 핸드폰에 교통카드 티머니를 연결해 주고, 네이버 지도를 보는 법을 알려 주었다. 아이들끼리만 버스를 타고 다니니 걱정스러웠다. 티머니 잔액이 부족해서 마을버스를 타지 못하면 어쩌나, 마을버스에서 제대로 못 내리면 어쩌나 등 걱정이 끝이 없었다. 한 번은 아이들 네 명이 마을버스 정류장에서 버스를 기다리고 있었는데, 마을버스 기사님이 버스를 멈추지 않고 그냥 지나친 적이 있었다. 다행히 다음 차를 기다렸다가 무사히 갔다. 다음에는 버스가 올 때 손을 흔들거나 탈 것처럼 조금 몸을 움직이라고 알려주었다. 아이들끼리만 다녀서 그런지 마을버스 기사님이 버스 안에서 조용히 하라고 소리를 지른 적도 있다 하였지만, 이후에는 특별한 사고 없이 마을버스 잘 타고 다녔다. 아이들이 어려서 아이들끼리만 버스를 타지 못하는 게 아닌가 걱정했는데, 엄마들의 기우였나 보다. 아이들은 생각보다 훨씬 잘 해냈다.

네이버 지도 보고 길 찾는 걸 조금씩 연습하다가 6학년 때는 친구와 둘이서 롯데월드에 가기도 했다. 2호선 신도림역에서 출발해 잠실역에 내린 다음에 롯데월드 입구에 도착한 후 무사히 입장했다. 롯데월드 안에 들어가서 어떤 순서대로 놀이기구를 탈지도 아이들이 정했다. 미리 네이버 지도를 보며 길을 찾아봤고, 어떤 건물을 통해 지나갈지도 연습했다. 한 시간 일찍 도착하여 줄을 섰고 롯데월드 안에서도 안전하게 놀다가 돌아올 수 있었다. 뭐든 시도하지 않으면 모르는 일이었다. 스스로 길을 찾고 계획을 세워 놀다 들어온 경험은 아이에게도 도움이 되었다. 이후 자신감이 붙었는지 주말에 홍대에 가서 구경하고 오는 도전도 했다. 이날도 지하철 2호선을 타고 홍대입구역에 내려 네이버 지도를 보고 찾아갔다.

뭐든지 혼자서 잘하는 건 아니다. 서우는 도서관에서 책을 빌려오는 일은 잘하지 못하였다. 내가 책을 빌려다 주거나 권해 주면 읽기는 하나 먼저 책을 빌려오는 일은 드물었다. 5학년 때까지는 도서관 카드 들고 다니며 책을 가끔 빌려왔었는데, 6학년이 되니 현저히 횟수가 줄었다. 4학년 때까지는 책을 많이 읽어주었으나 5학년 되고 나서부터는 읽어주는 시간도 줄어든 터라 혼자서 조금 더 읽었으면 하는 마음이 컸다. 매일 조금씩 읽어보라고 권유했다. 읽기 싫다고 거부하지는 않아 다행이지만, 엄마의 마음으로는 더 다양하게 책을 읽었으면 했다. 아무리 엄마가 독서 논술 선생님이라 해도 억지로 읽게 할 수는 없는 노릇이었다. 서우가 좋아하는 책의 종류는 정해져 있는 편이었다. 서우는 판타지 소설을 좋아한다. 특히 일본 소설에 관심이 많다. 서점에 가면 청소년 소설 코너에 들러서 재미있어 보이는 소설책을 찾아보는 걸 좋아했다. 제목과 표지가 재미있어 보인다며 이 책 저 책 들춰보곤 했다. 마음에 드는 책 표지가 있으면 사진을 찍어와 나에게 보여주었다. 좋아하는 책의 종류가 있고, 책에 대한 거부감이 없는 것만으로도 다행이라고 생각하고 있다.

책을 다양하게 읽으면 좋겠지만, 생각해 보니 아이는 자신이 좋아하는 걸 천천히 찾아가는 중이라는 생각도 든다. 아이의 취향과 속도를 기다려 주는 게 엄마의 몫인데 자꾸 잔소리가 하고 싶어진다. 초등 시기가 지나기 전에 엄마와 함께 하는 시간을 좀 더 만들고 싶어 최근에는 『샬롯의 거미줄』을 함께 읽었다. 어렸을 적 책 읽었던 때처럼 엄마 한 페이지, 아이 한 페이지 읽었다. 왜 그림이 없냐며 투덜거렸지만, 어렸을 때처럼 살 비비며 책 읽는 시간은 좋았다.

아이와 함께하는 일상에는 걱정이 따른다. 물놀이를 다녀오면 아프지 않은지, 아이들끼리 버스는 잘 타고 다니는지, 악기는 잘 배우는지, 책은 잘 읽고 있는지 등 매일 걱정거리가 쌓인다. 버스를 타려다가 가끔 놓쳤고, 버스 타기 직전 티머니에 잔액이 부족하다고 알림이 온 적도 있었다. "얼후"라는 악기를 2년 동안 배우느라 손가락이 아팠고, 합주 준비를 하느라 매주 토요일 오전에는 다른 일정을 잡지 못했다. 그러나 아이는 이러한 모든 걸 하고 있었고, 잘 자라고 있었다.

지금은 영어 학원에 버스를 타고 다닌다. 버스 노선이 헷갈려서 학원에 지각한 적도 있지만 혼자 해내고 있다. 일하는 엄마라서 다른 엄마들처럼 학원 라이딩을 해주지 못한다. 수업하느라 전화를 받지 못하는 날도 많다. 부재중 전화가 여러 통 남겨져 있는 날은 무슨 일이 있는 건 아닌지 깜짝 놀라는 때도 있다. 그러나 아이를 지켜보는 게 엄마의 일이라 생각한다. 걱정하는 마음이나 잔소리하고 싶은 마음을 내려놓기는 쉽지 않다. 앞으로도 전화를 받으며 깜짝 놀라는 일이 생길 거다. 그렇다 해도 아이는 엄마 생각보다 잘하고 있다고 믿으려 한다. 아이는 믿는 만큼 자랄 거다. 오늘도 걱정하는 마음을 내려놓는 연습을 한다.

　잔소리하는 엄마, 투덜대는 아이

엄마도 노력 중

최혜정

태성이는 어릴 때부터 몸이 약했다. 친정엄마랑 태성이를 같이 키웠다. 산후조리를 친정집에서 했다. 아이가 어렸을 때 친정으로 가려면 유모차와 아이 짐을 모두 챙겨야 했기에, 짐이 늘 많았다. 남편이 인천에서 운전해서 서울 친정으로 데려다주고 주말에는 다시 서울로 와서 우리를 데리고 간다. 남편은 주말에도 쉬지 못하고 우리를 데리고 인천에 갔었다. 다 같이 고생이었다. 그래도 도와줄 사람은 엄마뿐이라서 많이 의지하면서 살고 있다. 태성이 어릴 때부터 우리 가족끼리 놀러 다닌 적이 거의 없었다.

미안한 마음은 항상 있지만, 그래도 아이가 잘 크고 있다고 생각한 것 같다. 아이와 잘 놀아주지 않는 남편 때문에 싸우기도 많이 싸웠다. 그때마다 아이가 주눅이 든다는 생각을 왜 못했을까? 생각해 보면 어리석은 행동이었다. 그나마 친정엄마와 동생이 태성이를 키워줘서 인성은 나쁘지 않고 남에게 피해 주는 아이로 자라지 않은 것에 고맙다. 태성이 어렸을 때부터 할머니와 등원하고 하원하고 식사했다. 할머니가 태성이를 키워주셨다. 친정집에서 회사를 다녔다. 저녁늦게 퇴근해서 오면 아이는 할머니와 밥을 먹고 있었다. 친정엄마가 아이 목욕도 해 주시고, 밥도 먹여 주셨다. 아이가 놀고 있는 모습을 보며 엄마가 고생한다고 생각이 들었지만, 몸이 힘들어서 육아를 맡을 수는 없었다. 아이 어릴 때 주말에는 서울과 인천을 왔다 갔다 하면서 지낸 기억뿐이다. 아빠가 아이와 밖에서 놀아주고 해야 하는데 아빠는 아빠대로 힘들어서 못 놀아주고 나는 나대로 힘들어서 못 놀아주니 혼자 놀 때가 많았다. 친구들과도 놀았지만 혼자 노는 시간이 많았다.

학년이 올라갈 때마다 아이에게 부족한 면이 보였다. 그때마다 좀 지나면 괜찮겠지 하면서 그냥 넘겼다. 그러지 말았어야 했는데, 그때는 그러고 싶었다. 특히 친구들이랑 잘 놀 줄 알았는데 아이는 그러지 못했다. 6학년이 되어서야 아이가 친구 사귀기 힘들어하는 걸 알았다. 아이가 크면서 교우 관계가 문제가 됐다.

친구 사귀기 부족한 면이 없다고 생각했는데, 잘못된 생각이었다. 그동안은 만났던 학교 담임 선생님이 잘 이끌어 주었고, 아이도 적극적이었다. 6학년 학기 초부터 친구 사귀기에 어려움이 생겼을 거라고는 생각하지 못했다. 아이가 내성적인 면이 있어도, 친구들에게 다가가 이야기를 하기는 했다. 친구들 사이에서 소외되었다. 또래 친구들과 소통을 못해서 상처를 받고 있었다. 친구들이 너무 좋다는데 이야기할 상대가 없다니 마음이 아팠다.

당장 내가 해 줄 수 있는 건 없기에 더욱 안타까웠다. 그래도 기다려 주는 수밖에 없었다. 내가 해 줄 수 있는 건 카톡으로 소통할 수 있게 해주고, 게임 할 수 있게 해주는 게 다였다. 그런데 친구들이 학교에서 잘 안 놀아준다는 게 문제였다. 집에서 게임 할 때는 그나마 소통을 하는데 학교에서는 또래 친구들과 노는 성향이 달라서 힘들어했다.

그래도 최소한 아이들과 가까워질 수 있게 같이 하는 게임을 하게 했다. 아이들이 학급 회의 시간에 동의하지 않는 말을 하더라도 의견에 따라야 한다고 말해 주고, 요즘 유행하는 영화나 게임 이야기도 해 주었다. 친구들과 이야기를 할 때는 경청하고 공감해 주라고 말해 주었다. 아이가 친구들과 이야기가 잘되지 않으면 혼자 있어도 된다고 조언해 주었다. 방학 동안에는 안정적으로 지낼 수 있도록 도움을 주었다. 노는 방법도 제안하고 친구들이 많이 하는 게임도 시작해 봤다. 학교를 다니지 않고 집에서 있으니 안정을 찾는 것 같았다. 학교에서도 아무 일 아니라는 듯 지낼 수 있다고 계속 이야기해 주었다. 그렇게 1학기가 지나고 개학을 했다. 그런데 아이는 여전히 힘들어했다.

아이 곁에서 이야기 들어주고 용기를 주고 있다. 지금 내가 아이에게 해 줄 수 있는 게 없어서 많이 속상했다. 결국 나는 아이에게 친구들과 사귀기 힘들면 무리해서 하지 말라고 했다. 게임을 할 때도 스트레스 받으면 하지 말라 했다. 앞으로 중학교 가면 더 많은 친구들이 생기고 너와 맞는 성향의 친구가 있으니 그때 적극적으로 다가가라고 말해 주었다. 그때가 되면 넓은 세상이 기다리고 있고 다른 상황이 올 테니 이 시기만 넘기자고 용기를 주었다.

갈수록 아이는 눈물이 많아지고 있다. 아마 나와 아빠한테 미안해서 눈물도 나고 자기가 잘못하는 기분이 들어서 그런지 눈치를 많이 보고 있다. 안쓰럽고 그때마다 나의 마음도 땅바닥으로 내려앉는 기분이 들었다. 자기가 못하는 것에 눈물로 표현하는 것 같다.

눈물 흘리는 아이를 그대로 내버려 둘 수는 없었다. 도와줄 방법을 찾기 위해 여러 사람의 이야기도 듣고 병원도 알아보고, 문제가 되는 언어를 도와주기 위해 센터를 찾아가서 검사도 했다. 검사 과정은 쉽지 않았다. 주 양육자인 나도 아이와 같이 검사를 했다. 검사를 하면서 내가 부족한 엄마라는 생각이 들었다. 아이에게 한없이 미안했다.

남편과 상의해서 아이를 이대로 둘 수 없으니 나아질 때까지 노력해 보자고 말했다. 아이는 더 답답할 거라고 서로 다독이면서 아이에게 더 신경 쓰고 자주 놀아주자고 했다. 주말에는 밖에 나가 학교에서 어려워하는 배드민턴도 함께 하고 있다. 함께 하다 보면 아이에게 힘이 될 거다. 서로 배려하고 보듬어 주면서 단단하게 커갈 수 있도록 대화도 많이 하고, 공감도 해주면서 "누구의 잘못도 아니야."라고 말해 주고 싶다.

아버지의 고집과 가족 돌봄의 무게

안지언

'이왕 하는 일인데 엄마 마음 불편하게 하지 말자.', '네 입장이 되면 다정한 말이 나오는지 보자고.' 받아치듯이 둘째 여동생이 토해낸다.

여동생은 벌써 오 년이 넘도록 친정엄마를 전적으로 돌봐왔다. 나와 막내 여동생은 주말에만 거들 뿐. 평일을 온전히 책임지는 일은 차원이 다르다고 했다. '힘들어 죽겠다고. 온전히 엄마를 돌보면 그런 말이 나오는지.'라며 그동안 고통을 쏟아냈다.

요양 보호사의 도움을 받아야 할 기약 없는 상황에 대비해, 요양보호센터의 지원을 받기 위한 서류 절차까지 진행했다.

아버지와 여동생은 엄마를 남의 손에 맡겼다가 혹시라도 안 좋은 일이 생길까 봐 두려움이 컸나 보다. 요양보호센터

이용 대신 가족들이 힘을 모아 함께 어려움을 이겨내고자 하는 마음 더 컸던 까닭일 것이다.

　친정집은 엘리베이터 없는 삼 층에 있다. 엄마가 계단을 오르내릴 때는 높은 산을 정복하는 것보다 힘들었다. 왕복할 때마다 서로 투덜거림이 멈추지 않았다. 집을 지을 때 엘리베이터를 설치하지 않았는지부터 자식들을 힘들게 하냐는 불만이 끝없이 터져 나왔다.

　모든 어려움의 원인은 계단 때문이었다. 건강한 사람에게 3층은 거뜬하지만, 엄마에게는 세상 어려운 일 중 하나였다. 동생은 매일 엄마와 함께 사투를 벌여야 했다. 계단을 오를 때는 엄마 힘이 아닌 우리의 손으로 한 발씩 계단에 올려보기도 하고, 때로는 두 사람이 양팔을 잡고 부축하듯 끌어 올리듯 이동하기도 했다. 어떤 방법을 써도 모두에게 힘겨운 일이었다. 계단을 내려가는 것은 그나마 괜찮았지만, 올라오는 일은 매번 큰 각오가 필요했다.

　아버지께 요양 보호사의 도움을 받아야 한다고 설득했다. 이용할 수 있는 절차와 방법을 자세히 설명해 드렸다. 아버지는 '너희 도움 받지 않아도 혼자 할 수 있다.'라며 고집을 꺾지 않으셨다.

본인 혼자만의 욕심이 자식들에게 큰 짐이 되고 있다는 걸 모르셨다. 설득은 물론 엄포까지도 통하지 않는 분이셨다. 나이가 들수록 기력도 빠질 텐데, 본인의 건강마저 제대로 챙기지 못하실까, 염려스러울 뿐이다. 아버지는 자식들의 입장을 전혀 헤아려 보지 않으신 듯했다. 자식들 역시 나이가 들어가고 있다는 사실을 놓치신 건지.

아버지의 고집은 숨 막힐 정도였다. 마음속에 울컥 화가 치밀어 오를 때마다 감정으로 누그러뜨리는 연습이 필요했다.

한 달 동안 엄마를 돌보기 위해 휴가를 냈지만, 남은 휴가 횟수가 많지 않았다. 하루 두 시간씩 점심시간을 쪼개어 엄마를 챙기기로 했다. 막내 여동생도 남은 휴가를 모아 일주일에 사흘씩 나누어 돌봄에 합류했다.

직장의 눈치를 살펴야 했다. 요양 보호사를 쓰지 않겠다는 아버지의 확고한 의지 때문에 자식 된 도리로서 결정을 따를 수밖에 없었던 거다.

엄마의 재활 병원 동행은 일주일에 두 번이다. 평소 집에서는 걷기라도 하라는 잔소리를 한 귀로 흘리시던 엄마가 병원에서는 놀랍도록 다른 모습을 보여주셨다. 재활을 이어가던 중, 한 달 동안 병원을 쉬었다가 다시 찾았을 때 담당 치료 선생님이 바뀌었다는 사실을 알았다.

익숙했던 선생님이 아니라는 이유로 치료를 거부하셨다. 친절하고 잘생긴 외모 때문인 것도 있었지만, 무엇보다 엄마의 가려운 곳을 정확히 긁어주는 분이었기 때문이다.

아프기 전에도 무릎과 허리 상태는 수술이 필요할 만큼 심각했다. 계속 병원 진료를 미루다가 결국 손쓸 수 없는 지경에 이르렀다. 지금은 수술 후 후유증을 우려해 불편한 채로 살아야 한다.

새로 만난 선생님을 명의로 생각했다. 병원도 집에서 가깝다. 이제 엄마가 회복될 수 있을 거라는 희망을 다시 품게 되었다.

'재활 병원 데리고 가도 소용없어. 엄마는 그때뿐이야.' 전화기 너머로 여동생은 부정적인 말을 쏟아냈다. 오랜 시간 엄마를 돌보며, 포기하고 마는 엄마의 나약한 마음을 지켜봐 왔기 때문이었다. 애초에 안 될 일이라면 시작조차 하지 말자는 의견이었다. 안 가본 병원도, 시도해 보지 않은 운동도 없었다. 동생의 말에는 지치고 좌절한 상황이 고스란히 담겨 있었다.

동생은 쓸데없는 일을 벌였으니, 네가 앞으로 계속 진행하라는 화난 투로 쏘아붙였다. 그러면 이대로 손 놓고 있을 거냐는 말에 여동생은 대답 대신 아예 전화를 끊어 버렸다.

여동생 역시 엄마를 보살피면서 여러 변수에 대응하느라 쉽지 않았을 것이다. 혼자 끙끙 앓기보다는 가족들에게 의견을 묻고 함께 방향을 찾았으면 좋았을 텐데. 고집스럽게 밀어붙인 혼자만의 결정들이 가족 간의 갈등으로 빚어졌다.

이번만큼은 내 의지대로 엄마를 돌볼 테니 지켜봐달라고 했다. 이 말에도 동생은 짜증이 났는지 '알아서 하라'고 할 뿐, 더 이상 대화를 이어가려 하지 않았다.

오랜 돌봄에 지쳤던 여동생은 휴식 시간 동안 하고 싶었던 일을 시작한 모양이었다. 그 여파로 일 년 넘게 혜승이의 수학 수업까지 중단하면서 모든 일을 내려놓게 되었다.

책임지고 가르쳐주겠다는 말만 믿었는데. 갑자기 힘들어서 가르치지 못하겠다는 이유로 손을 들었다.

아이의 수준을 파악하고 겨우 적응을 마친 상황에서 다시 학원을 찾아야 했다. 잠시 한숨을 돌리나 싶었는데, 또다시 엄마 돌봄과 아이 교육 문제로 고민해야 하는 처지가 된 거다. 불편함은 감수하더라도 오랜 돌봄에 지친 여동생이 잠시 숨을 돌리고 여유를 찾을 수 있다면 그것으로 만족한다.

감정을 다스리고 싶을 때마다, 먼저 내 감정을 인정하고 받아들이는 것부터 시작했다. 그리고 당장 무엇을, 어떻게 해야 하는 가에 집중했다. 첫째, 화가 났을 때 호흡에 집중했다. 둘째, 화가 난 원인이 정확히 무엇인지, 원인이 나에게 있는지 타인에게 있는지 객관적으로 살폈다. 셋째, 지금 이 화가 나에게 어떤 이로움이 있는가를 생각했다. 생각하는 시간을 가지면서 감정이 폭발할 것 같은 상황을 모면할 수 있었다. 결과적으로 화가 지속되는 시간이 줄었다.

친정엄마를 향한 지속적인 돌봄의 무게와 그 속에서 피할 수 없었던 가족 간 갈등. 여기에 겨우 안정시켰던 아이의 교육 문제까지 다시 고민해야 하는 처지가 되었다.

모든 것이 내 마음을 짓누르는 무거운 짐이자, 혜승이 엄마로서 감당해야 할 현실의 버거운 숙제였다.

마음속 울림을 준 김종원 작가의 글귀. "이 세상에 화를 내

서 풀 수 있는 문제는 하나도 없다는 걸 명심하세요."라고 되
새겼다. 힘겨운 상황 자체를 바꿀 수 없지만, 적어도 상황을
대하는 나의 시작은 달라진 것이다. 문제를 바라보는 관점을
바꾸었다.

현재를 사는 아이와
미래를 걱정하는 엄마

나진희

우리 집에는 아들이 둘 있다. 중학교 1학년 첫째 주원이와 초등학교 5학년 둘째 주호. 주원이는 조심성이 많고 신중한 편이다. 끓여 먹는 라면을 6학년에 처음으로 시도했고 라면을 끓일 때도 라면 봉투 뒷면에 있는 조리법을 꼼꼼히 살피며 설명대로 끓였다. 주호는 해 보고 싶은 게 있으면 도전하는 아이다. 4학년 무렵에 어른들 몰래 라면을 끓이기 시작했고 라면을 끓일 때도 물을 적게 넣어보거나 고춧가루를 넣고 나서 맛의 차이를 알고 싶어 했다. 같은 환경에서 자랐지만 두 아이의 성향은 무척 달랐다.

첫째 아이는 주어진 과제를 스스로 잘했고 위험하거나 허락되지 않은 일은 안 하는 편이다. 물론 소파에서 몇 시간을 핸드폰만 볼 때도 있고 PC방을 가기도 했다. 하지만 기다려 주면 주어진 과제를 시작했다. 주원이는 가능한 한 혼자 학습하려 했고 공부하다가 부족한 부분이 느껴지면 학원을 보내달라고 했다. 또래 아이를 키우는 친구들은 이런 아이를 키우면 걱정이 없겠다고 했다. 하지만 엄마는 건강이 걱정이었다. 농구, 축구, 탁구, 수영 같은 운동을 하면 스트레스도 풀고 체력도 좋아질 것 같아 권유해 봤지만 싫다고 했다.

둘째 아이는 사람의 마음을 잘 헤아리면서 다정하다. 그리고 호기심이 많고 하고 싶은 것도 많다. 친한 친구가 학교에 남아서 벌 청소하게 되면 도와주고 함께 하교했다. 아껴둔 용돈으로 형에게 간식을 사주고 어른들이 몸이 뻐근하다 하면 안마도 종종 해주었다. 악기 연주를 좋아해서 방과 후 수업으로 오케스트라에 참여했고 노래 듣는 것도 좋아해서 자신만의 플레이리스트를 가지고 있었다. 핸드폰으로 사진이나 동영상을 찍어서 영상 편집도 종종 했다. 자전거 타기를 좋아하고 태권도도 6년 정도 꾸준히 다녔다. 반면에 공부나 숙제하기를 미뤄서 걱정이었다.

대학교 친구들이 모인 날, 주호가 재주는 많은데 공부를 너무 안 해서 걱정이라고 했다. 친구들은 듣기 좋은 대답을 해주었다. "남자아이들은 나중에 정신 차리고 바짝 해서 성적 올린다.", "공부는 자기가 하고 싶을 때 하는 게 맞다.", "기다려 봐라. 큰사람이 될 거다." 하고 말했다. '자기 아이여도 이렇게 말하려나?' 하는 생각이 들어서 속만 더 상했다. 내 아이에게도 공부를 하고 싶은 날이 올지, 큰사람이 될지, 미래를 알 수 없으니, 걱정만 가득했다.

이래저래 걱정하다 보니 불안했고, 불안하니 잔소리하게 되었다. 주원이에게는 "아빠랑 헬스장 다녀올래?", "방학 때라도 수영 강습받는 거 어때?", "엄마가 농구 수업 한 번 알아볼까?" 아이는 이미 싫다고 표현했지만, 체력이 걱정되니 계속 권유하게 되었다. 돌아오는 답은 "아니. 아니. 아니."였다.

주호에게는 공부 이야기를 계속하게 되었다. 수학 학원에 다닐 때 숙제 때문에 친구들과 놀 시간이 없다고 했다. 학원 숙제 때문에 아이와 자꾸 싸우게 되면서 수학 학원을 끊었다. 그랬더니 수학 단원평가 점수가 들쭉날쭉하였다. 아이의 학업이 뒤처질 수도 있다는 걱정에 엄마만 전전긍긍이었다.

“오늘 수학 문제집 1장 풀었어? 이렇게 자꾸 밀리고 혼자 못 하면 학원 다녀야 해.”, “단원평가 쳤어? 몇 점 나왔어?”, “어휴. 다음번에 점수 더 내려가면 그때는 학원 가야 한다.” 결국 잔소리와 협박으로 이어졌다.

주원이와 주호가 좋은 점만 적절히 섞였다면 좋겠다 싶을 때도 있었다. 둘의 좋은 점만 합치면 완벽한 자녀였다. 자기 할 일은 스스로 하고, 공부도 잘하고, 사회성도 좋고, 취미생활까지 즐길 수 있는 멋진 사람으로 키우고 싶었다. 돌아보니 ‘밝고 건강하게’라는 가훈이 무색해졌다. 가훈대로 밝고 건강하게 자라고 있는 아이들에게 엄마는 높은 기준을 잣대로 ‘너희들은 아직 부족해. 이것저것 더 열심히 해야 해.’ 하며 다그치고 있었다.

아이들은 지금이 중요했다. 지금 맛있는 것. 지금 재미있는 것. 지금 즐거운 것. 지금 행복한 것. 30여 년을 먼저 겪은 엄마는 미래를 생각했다. 아이들이 나중에도 건강했으면 좋겠고, 나중에 힘든 시간이 적었으면 좋겠고, 나중에 하고 싶은 것들을 하며 살 수 있었으면 좋겠다. 아이들은 엄마가 이해해 줬으면 좋겠고, 엄마는 아이들이 잘 따라주면 좋겠다. 같은 공간에서 다른 생각을 하는 우리는 서로를 사랑한다고 말하면서도 종종 의견 충돌을 할 수밖에 없었다.

사춘기에 들어선 아이들은 엄마의 목소리가 커지는 날에 말 수가 줄어들었다. 주원이에게 "운동이 왜 하기 싫어?"라고 물은 날이 있었다. 대답은 "그냥." 답답한 마음에 "이유가 있어야지 그냥이 어딨어? 이유를 생각해 봐." 하며 다그쳤다. 대답은 "진짜 그냥이라니까." 도돌이표처럼 같은 말만 반복하면서 시간이 갔고 끝내 이유는 들을 수가 없었다. 주원이가 답답해하며 말하기를 중단했다. 함께 있는 공간에서 침묵이 흘렀다. 아이를 너무 몰아부쳤나 싶었다. '특별한 이유는 없었구나. 다음에 운동하고 싶을 때 언제든 말해.' 하고 말해 줄 걸 하고 후회했다.

자녀들을 나와 다른 개인으로 인정해야 하는 시기가 온 것 같았다. 조금만 더 자라면 품을 떠날 아이들이었다. 알지 못하는 나중을 걱정하면서 오늘의 관계를 망칠 수는 없었다. 아이들이 잘하는 것도 꽤 많은데 계속 부족한 면을 보면서 불안해했던 것 같았다. 부족한 부분은 스스로 시행착오를 겪으면서 깨닫고 배우며 채워가야 하는 것들이었다. 아이들과 부모가 삶을 대하는 시선이 다름을 인정해야겠다. 엄마의 불안과 걱정을 없애기 위해서 아이들을 괴롭히지 말아야겠다. 가족 모두가 행복하기 위해서 오늘부터 조금 덜 말하고, 조금 더 기다리면서 믿어보는 연습을 시작하기로 했다.

워터파크에서 보낸 하루

곽예슬

엄마가 아는 가족들과 워터파크에 갔다. 얼마나 기다린 날이었는지 모른다. 설레고 신나는 마음이었다. 여러 가족이 모여 30명 정도 된다고 했다. 큰 버스를 타고 갔다. 50분 정도 걸린다고 했는데 수인이 언니와 얘기하면서 가니 멀게 느껴지지 않았다. 워터파크 입구가 보였다. 밖에 사람들이 줄지어 서 있는 것이 보였다. 왼쪽 편에 자가용들도 길게 늘어서 있었다. 우리가 탄 버스는 오른쪽으로 갔다. 자가용처럼 밀리지 않았다. 우리는 단체라서 빨리 들어갈 수 있다고 했다. 야호. 더 신났다. 버스에서 내려서 바로 입장할 수 있었다. 우리보다 먼저 온 사람들은 아직도 줄 서 있는데, 빨리 들어가서 놀 수 있다니 운이 좋았다. 각자 가족들끼리 수영복을 갈아입으러 갔다. 단체라서 안 좋은 점이 생겼다. 엄마는 옷 넣는 사물함이 너무 작아 불편하다고 했다. 그래도 나는 워터파크 들어갈 생각에 즐겁기만 했다.

여러 가족들이 모여 있어서 길을 잃으면 어떻게 할지 설명해 주었다. 쉽게 찾아올 수 있어야 된다고 썬베드에 핑크색 옷을 입혔다. 길을 잃으면 핑크색 옷을 찾으라고 했다. 핑크색 옷을 입은 썬베드도 찾지 못하면 안내요원에게 길 잃었다고 말하라고 했다. 수인이 언니, 아영이 언니랑 제일 먼저 파도풀에 들어갔다. 큰 파도가 몰려오자 물에 빠지고 말았다. 물에서 나왔더니 무릎이 쓸려서 약간 피가 났고 따가웠다. 언니가 의무실에 가자고 했다. 파도풀을 나와 앞으로 가니 멀지 않은 곳에 의무실이 있었다. 간호사 선생님이 밴드를 붙여 주었다. 워터파크에서 처음 가 본 의무실이었다. 신기하고 조금은 떨렸다. 밴드를 붙이고 나니 아픈 게 사라졌다. 다시 놀고 싶은 생각만 들었다. 파도풀에 또 들어갔다. 아까처럼 다칠까 봐 무서웠지만 재미있어서 파도풀에서 나가기 싫었다.

한참 놀다가 언니들이랑 슬라이드를 타러 갔다. 아래에서 볼 때는 몰랐는데 계단을 걸어 올라가 보니 생각보다 더 높았다. 위에서 내려다보지 말걸. 어지러웠다. 꼬불꼬불 슬라이드 끝이 어딘지 헷갈렸다. 슬라이드는 한 개가 아니고 여러 개였다. 어지럽게 보여서 어느 슬라이드를 탈지 결정할 수 없었다. 무서운 마음이 들어서 슬라이드를 타지 않고 아래에서 기다리겠다고 했다. 혼자 다시 계단을 걸어 내려왔다. 기다리려고 보니 언니들이 어느 슬라이드에서 내려올지 몰랐다. 이쪽 슬라이드에서도 있어보고 저쪽 슬라이드에서도 있어봤다. 한참 기다렸는데 어느 쪽으로 내려갔는지 언니들을 만날 수 없었다. 기다리며 시간을 다 보낼 수 없었다. 혼자서 실내 유수풀에 갔다. 언니들이 놀다가 유수풀에 오면 만날 수 있겠지 생각했다.

튜브를 타고 유수풀을 돌았다. 혼자라서 약간 떨리면서도 재미있는 기분이 동시에 들었다. 한참이 지나도 언니들을 만나지 못했다. 어느새 일곱 바퀴나 돌았다. 이제 약간 불안한 마음이 들었다. 밖으로 나가 핑크색 옷이 걸려있는 썬베드를 찾으러 갔다. 나와 보니 처음 들어갔던 곳이 아니었다. 다시 실내 유수풀로 들어가서 다른 길로 나가보았다. 실내에서 나가는 것부터 헷갈리니 떨리는 마음이 커졌다. 들어갔다 나오기를 세 번째 하고 나서야 처음 들어갔던 곳을 찾았다. 언니들과 헤어졌던 슬라이드 타는 곳도 찾았다. 이제는 길을 알 것 같았다. 썬베드가 쭉 놓여 있었다. 이렇게 멀리까지 걸어왔나. 한참을 걸었다. 저기 멀리 익숙한 핑크색이 보였다. 드디어 엄마들이 있는 썬베드를 발견했다. 찾았다는 안도감에 울고 싶었다. 다행이었다. 엄마를 보고 엄청 반가워서 눈물이 나올 뻔했는데, 엄마는 덤덤한 말투로 어디 갔다 왔는지 묻고 썬베드를 잘 찾아왔다고 말했다. 하나도 걱정하지 않은 것 같았다. 잘 찾아왔다고 칭찬해 주니 왠지 의젓해야 될 것 같아서 눈물을 꾹 참고 서운한 마음을 표현하지 않았다.

워터파크에는 놀 것이 많아서 빨리 또 놀러 나가면 되었다. 가장 재미있었던 건 파도 유수풀이었다. 물이 깊은 곳이라서 엄마와 함께 타러 가자고 했다. 가족별로 모여서 줄을 섰다. 줄이 길어서 한참 기다렸는데, 기다린 보람이 있다고 생각될 만큼 재미있었다. 한 번만 타고 끝내려니 아쉬웠다. 엄마에게 "한 번만 더 타면 안 돼?" 하고 물었지만, 지금 다시 타려면 줄이 길어서 오래 기다려야 된다고 했다. 다른 가족들이랑 따로 놀다가 5시에 만나서 파도 유수풀을 다시 타기로 약속했다고 말했다. 다른 데서는 놀기 싫고 파도 유수 풀만 더 타고 싶다고 계속 졸랐지만 엄마는 단호했다. 단체로 오면 약속을 잘 지켜야 된다고 했다. 이제 다른 건 별로 안 하고 싶은데 단체로 오면 약속을 지켜야 된다고 하니까 참았다. 여기저기 걸어 다니고 실내 유수풀도 한 번 더 다녀온 후 드디어 5시가 되었다. 핑크색 옷이 있는 썬베드 앞에서 다른 가족들을 기다렸다. 그런데, 다른 가족들이 파도 유수 풀 쪽에서 여기로 오고 있었다. 파도 유수풀이 너무 재미있어서 5시까지 못 기다리고 먼저 타러 갔다 오는 거라고 했다. 눈물이 났다. 나도 아까부터 탈 수 있었는데, 엄마 때문에 파도 유수풀을 많이 못 타는 것 같아서 속상했다. 엄마는 다른 가족들이 먼저 가 있을 줄 몰랐다고 미안하다고 했다. 엄마의 사과에도 내 기분은 쉽게 풀리지 않았다.

기분 나쁜 표정을 하고 파도 유수풀을 타러 갔다. 대기 줄이 아까보다 짧아져 있었다. 늦게 갔더니 기다리는 사람이 많이 줄었다. 아까는 파도 유수풀을 한 번 돌고 나면 밖으로 나가야 했다. 이제 다시 줄 서지 않고 연결해서 여러 번 더 탈 수 있었다. 튜브를 타고 파도에 휩쓸려 덩실거릴 때 기분이 정말 좋았다. 엄마한테 속상했던 마음이 다 풀렸다. 큰 파도가 와서 엄마와 내가 떨어지면 파도가 잔잔할 때 내 옆으로 와 주었다. 엄마가 나와 가까이 있으려는 게 느껴졌다. 엄마는 내 마음이 풀릴 때까지 기다려주고 내 손을 잡아주었다. 우리는 즐겁게 놀았다. 6시 30분까지 버스 앞에서 모여야 했는데, 5시 50분이 되어서야 파도 유수풀에서 나왔다. 마지막까지 즐거운 시간이었다.

집에 가기 전 탈의실에서 한차례 일이 생겼다. 시간이 별로 없다고 엄마는 엄마 사물함과 내 사물함을 동시에 열고 좁은 사물함에 밀어 넣었던 가방들을 꺼냈다. 엄마 물건과 내 물건을 바닥에 쏟아냈다. 바닥에서 옷을 하나씩 찾아 입었는데 신발이 안 보였다. 사물함에서 꺼내지 않은 건지 확인해 보려고 했는데 사물함이 닫혀 있었다. 엄마는 열쇠가 보이지 않는다고 정리했던 가방을 다시 뒤집어 물건들을 모두 꺼냈다. 물건과 같이 가방 속에 열쇠가 들어갔을지도 모른다고 했다. 열쇠는 없었다. 버스 놓치면 안 된다며 엄마는 점점 더 다급해 보였다.

눈치를 보면서 조용히 있다가 주변을 둘러보니 직원 언니가 있었다. 언니는 열쇠를 하나 들고 있었는데, 그걸로 사물함을 다 열고 안에 뭐가 든 게 있는지 없는지 확인하고 있는 것 같았다. 엄마에게 직원 언니가 있다고 알려주었다. 엄마는 다급하게 직원 언니를 불렀다. 직원 언니가 가지고 있는 〈다 열리는 열쇠〉는 내 사물함도 쉽게 열어 주었다. 크록스 신발은 사물함에 있었다. 그리고 그 안에는 열쇠도 들어 있었다. 엄마가 내 옷을 꺼내면서 열쇠를 넣고 문을 닫은 것이었다. 엄마는 "직원 언니 있다고 알려줘서 정말 고마워."라고 했다. 엄마가 정신없을 때는 내가 차분하게 도와줘야겠다는 생각이 들었다.

엄마에게 도움이 되었을 때 기분이 좋았다. 속상한 일도 있었지만 즐거운 마음이 더 컸다. 화내고 풀고, 속상해하고 이해하고 워터파크에서의 하루는 다양한 감정을 가진 날이었다.

힘든 일은 지나간다

박서우

날씨는 좋았고, 구름은 거품처럼 몽글몽글했다. 2024년 7월 29일부터 7월 31일까지 경주 여행을 다녀왔다. 2박 3일 동안 우리 가족은 경주 여러 곳을 갔다 왔다. 첫 번째 날에는 박물관과 대릉원을 둘러봤다. 여행 가기 직전 엄마는 코로나 확진을 받았다. 거의 회복한 상태라 여행을 취소하지 않고 갔다. 먼저 대릉원에 갔다. 대릉원은 신라 시대 왕의 무덤이 있는 곳이다. 무덤의 크기는 거대했다. 대릉원에는 그늘이 없어서 쉴 곳이 없었다. 마치 사막을 걷는 기분이 들었다. 그때부터 몸 상태가 조금씩 나빠지기 시작했다.

가족들은 더워서 힘들어하는 줄 알았다. 두통이 생겼고 걷기도 힘든 상태가 되었다. 한 걸음씩 걸을 때마다 다리가 후들거렸다. 엄마가 막 코로나에서 회복해서 혹시 나도 코로

나가 아닌지 걱정이 됐다. 모처럼 여행 왔는데, 대릉원 천마총을 안 갈 수가 없어서 입장권을 끊었다. 천마총은 깜깜하고 사람이 많았다. 뭘 봤는지 하나도 기억이 나지 않는다. 아빠가 무덤 입구에서 가족사진을 찍자고 했지만 서 있을 힘이 없었다.

다음 일정은 국립 경주 박물관이었다. 하지만 힘들어서 제대로 보지 못했다. 아빠의 어깨를 붙잡고 돌아다녔다. 엄마와 오빠는 박물관을 구경하고 나는 틈만 나면 자리에 앉아서 쉬었다. 내가 너무 힘들어하자 엄마, 아빠는 다음 일정을 취소하고 바로 숙소로 가서 코로나 검사를 해 보았다. 하지만 코로나는 아니라고 떴다. 그래도 열이 많이 올라서 오후 내내 잠을 잤다. 눈을 떠 보니 저녁이었다. 내가 아파서 잠을 자는 바람에 다른 가족들도 여행을 즐기지 못하고 숙소에서 여행 첫날 밤을 보냈다. 아빠는 침대에 누워서 잤고, 오빠는 드라마를 보았다. 그리고 엄마는 아빠가 잠든 사이 약을 구하려고 약국을 찾아 여기저기 돌아다녔다. 한참을 쉬다가 아빠가 밥을 먹으러 나가자고 해서 다 같이 일어났다. 숙소에서 먹으려고 했지만, 밖으로 나가 갈비탕을 먹고 왔다. 돌아와서 씻고 바로 잠을 잤다. 너무 힘든 나머지 잠결에 엄마를 깨워 집에 가고 싶다고 했다. 아빠가 다음 날 일정을 취소하고, 호텔도 취소했다.

두 번째 날, 아침이 밝았다. 많이 자서 그런지 몸이 상쾌해서 뛰어다닐 정도로 힘이 났다. 전날과 다르게 몸도 가볍고, 열이 나지 않았다. 체온계로 열을 재니 정상이었다. 전날에 아팠던 게 아닌 것처럼 느껴졌다. 오빠와 함께 호텔 정원을 뛰어다녔다. 엄마와 아빠가 있는 곳까지 달리기 시합도 하고, 근처에 있는 호수도 구경했다. 호텔 주변을 산책하니 풍경이 예뻤다. 아빠가 몸이 괜찮아진 거 같다며 하루 더 있다 가자고 했다. 그래서 추가 비용을 내고 호텔을 다시 예약했다. 새로 잡은 호텔은 처음 예약한 호텔보다 쾌적하고 넓었다. 짐을 옮기고 엄마와 나는 호텔 수영장에 갔다. 오빠와 아빠는 사륜 오토바이를 타러 갔다. 다 나은 게 아니라서 힘들 때마다 약을 먹으며 돌아다녔다. 오후부터 몸이 조금 처졌고, 수영장에 다녀오니 몸에 힘이 빠졌었다. 이럴 때마다 약을 먹으면 두통과 열을 잠시 없앨 수 있었다. 지쳐서 호텔에서 시켜 먹고 싶었다. 그런데 아빠가 밖에서 먹자고 해서 나가서 먹었다. 아빠가 찾은 보쌈집은 경치도 좋았고, 음식도 예쁘게 나왔다. 가기 전에는 귀찮았는데, 다녀오니 잘 갔다

온 것 같았다. 보쌈을 먹고 다음 날을 위해 잠을 잤다.

세 번째 날, 우리는 첨성대를 보러 갔고 십원빵도 먹었다. 아빠가 사진 찍자며 늘어나는 치즈를 먹는 모습을 찍어 주었다. 생각보다 치즈가 많아 느끼하고 텁텁했다. 목 막히는 맛이어서 우유가 간절했다. 다음으로 첨성대를 보기 위해 비단벌레 열차를 탔다. 내린 후에 사진을 찍었다. 첨성대는 실제로 보니 생각보다 크고 멋있었다. 경주 여행 동안 처음에는 아팠지만 하고 싶은 걸 다 해서 다행이었다. 아팠는데도 약을 먹고 버틴 것 같다. 실제로 먹는 약도 효과가 있었지만, 가족과 여행을 하는 게 약인 것도 같다.

2년 전, 친구들과 친구 동생들, 그리고 엄마들까지 16명이 춘천으로 1박 2일 캠핑을 갔다. 크리스마스를 기념하여 추억을 만들기 위한 여행이었다. 또 모임이 1년 된 기념을 축하하기 위해서였다. 친구들은 세 살부터 아는 친구들이었다. 그때부터 지금까지 친한 친구도 있고 최근에 친해진 친구도 있다. 파자마를 제외하고 엄마들까지 여행을 간 것은 처음이라 기대가 되었다. 고기도 구워 먹고, 마시멜로도 구워 먹었다. 라면도 먹었다. 텐트 세 개를 빌려서 한 개의 텐트에는 우리가 모여 있었고 짐을 정리하고 떠드는 동안 엄마들은 이벤트를 준비했다. 엄마들은 놀이터에 종이를 숨겨 놓았다. 보물찾기였다. 놀이터를 뛰어다니며 종이를 찾아다녔다. 종이를 찾아내면 선물이 있었다. 놀이터에서 모래 놀이도 했다. 얼음이 있어 얼음광산을 만들었다. 또 양파링을 줄에 매달아 놓고 먹었다. 양파링을 귀에 걸어서 귀걸이도 만들고 팔찌도 만들었다. 친구들이 7명이라 무지개색으로 과자를 들고 오기로 했다. 엄마들 나이 순서대로 색을 정해서 들고 왔다. 그걸로 릴스도 찍었다.

텐트 안에서 잠을 잘 때 어떻게 잘지 자리를 정했다. 가위바위보로 이긴 순서부터 정했다. 엄마들은 다른 텐트에서 자고 우리는 조금 더 놀았다. 그리고 피곤한 애들은 먼저 잠들었다. 나를 포함해서 3명 정도는 안 자고 놀았다. 1명이 잔다고 해서 우리도 자려고 했는데 친구와 내가 배가 아파서 엄마들을 불렀다. 새벽이라 깜깜해서 핸드폰을 켜고 엄마들의 텐트로 이동했다. 이미 잠자리가 정해져 있어서 중간에 끼어서 잤다. 춥고 배가 아파서 눈물이 조금 났다. 놀다가 먹으려고 아껴 둔 쿠크다스는 다음 날 친구들과 나눠 먹으려고 그대로 두고 잤다. 하지만 아침에 텐트로 돌아가 보니 친구들이 쿠크다스를 다 먹어서 먹지 못했다. 다음 날이 되니 배가 아픈 것이 사라졌다. 배가 아파서 캠핑을 잘 마무리 못 할까 걱정이 되었지만, 자고 나니 괜찮아져서 다행이었다.

경주 여행에서 몸이 아팠을 때 엄마, 아빠는 날 걱정해 주었고, 몸이 나으니 내가 하자는 대로 여행을 다시 시작해 주었다. 친구들과 간 춘천 여행에서 친구들은 날 챙겨 주었고, 다음날 몸이 나아서 캠핑을 잘 마무리할 수 있었다. 어떤 일이든 힘든 일은 항상 지나간다. 힘든 일이 지나갈 때 옆에는 도와주는 사람들이 꼭 있다.

앞으로도 힘든 일이 생길 수 있다. 학교에서 친구들과 갈등이 생길 수도 있고 친구들과 싸워 서로 기분이 상할 수도 있다. 그리고 아플 수도 있다. 이런 일들이 생길 때 주변에는 가족이나 친구들이 있다. 주변에서 위로를 해주고 내 편을 들어주리라 믿는다. 그런 사람들이 있기에 내가 살아갈 수 있는 것 같다. 나의 인생에는 나를 싫어하는 사람과 사랑해 주는 사람이 있다. 그중 나를 싫어하는 사람을 만난다면 힘들 수 있다. 이때 나를 사랑해 주는 사람이 있다면 이겨 낼 수 있을 것이다. 사람이라면 힘든 일이 있을 것이다. 사고를 당할 수도 있고, 낼 수도 있다. 그럴 때 주변 사람들이 옆에서 같이 있어 준다면 버틸 수 있을 것이다. 그리고 그런 일을 겪고 나면 행복한 순간이나 즐거운 일들이 생기게 되는 법이다. 힘든 일이 있다고 해서 도전해 보지 않고 무조건 포기하거나 내려놓게 되면 그 일은 이제 없던 일이 되는 것이다. 그러나 도전해 보면 그 일은 헛되지 않게 된 것이다. 그러므로 힘든 일을 겪더라도 포기하지 않고 도전하다 보면 다시 일어설 수 있고 다 지나간다고 믿는다.

엄마는 내 쉼터

오태성

"엄마, 친구들이 나에게 말을 걸어주지 않아서 교실에 있기 힘들어." 엄마는 나와 같은 학교에서 일을 한다. "같이 놀자!" 친구들에게 말을 하면 대화가 이어지지 않아서 말할 친구가 없었다. 친구들에게 말을 걸었는데, 친구가 대답을 하지 않고 다른 친구와 놀러 나갔다. 속상한 마음에 점심시간때 점심을 먹지 않고 엄마를 찾아갔다. 엄마 앞에서 울었다. 엄마가 점심을 먹었냐고 물으셔서 나는 안 먹었다고 했다. 엄마가 이야기를 듣고 담임 선생님에게 전화해서 조퇴를 하겠다고 했다. 엄마는 이참에 난독 검사를 하자고 했다. 조퇴한 이후 일주일 학교를 쉬었다. 등교해도 나와 이야기할 상대가 없는 게 서글퍼서 학교에 갈 수가 없었다.

유일하게 잠시나마 엄마와 점심때 10분 이야기하는 게 학교에서 버틸 수 있는 시간이었다. 엄마는 나의 유일한 쉼터이다. 엄마는 친구들에게 다가가 먼저 말해주고, 들어주고, 이해해 주는 모습을 보이라고 말했다. 학교에서 힘든 걸 선생님한테 말하기가 어렵다. 왠지 다른 친구들이 무슨 말을 할까 봐 무서운 것 같다.

9월부터 병원에 가서 여러 가지 검사를 했다. 처음에는 긴 지문을 읽느라 말하기도 힘들고 머리도 아팠다. 여러 번 가서 검사를 해야 해서 조퇴를 했다. 엄마도 함께 있었다. 엄마와 나는 검사 후에 많이 아팠다. 검사하는 시간이 오래 걸렸다. 검사 이후 엄마는 몸이 아파 집에서 누워만 계셨다. 나는 언어 검사와 심리 검사 등 여러 가지 언어와 관련된 내용과 심리 검사를 했다. 검사하는 동안 많은 문항을 풀고 대답해야 해서 지쳤다. "이걸 해야 할까?"라는 생각도 들었다. 검사 결과는 1~2주 후에 나온다고 했다. 기다리는 동안 어떤 결과가 나올지 걱정되어서 마음이 편하지 않았다.

처음에는 원장님과 상담을 하고 기본 테스트를 했다. 두 번째 날은 난독 검사를 했다. 지문 읽기와 고쳐쓰기, 장래 희망 글짓기, 발음 등을 테스트했다. 세 번째 날은 3시간에서 3

시간 30분 정도 엄마랑 따로 검사를 진행했다. 심리 검사와 그림그리기 지문 해독 능력 등 지문이 많아서 머리가 아프고 멀미가 났다. 엄마도 밖에서 검사를 하였는데 600문제를 풀었다고 했다. 엄마도 나도 지쳐서 이젠 검사를 그만하고 싶다고 했다. 결과가 나오면 같이 계획을 세워보자 했다.

가족 중에 엄마 다음으로 할머니를 가장 좋아한다. 할머니는 계속 나에게 용기를 주시는데 솔직히 듣기 싫었다. 내가 듣기 싫은 말씀을 계속하셨다. "감기 빨리 나아야지. 이렇게 해야지." 침대에 누워서 핸드폰을 보고 있었다. 할머니는 약을 먹으라고 말씀하셨다. 나를 위해 하는 말이라는 건 알고 있었다. 하지만 좋은 말도 여러 번 반복되니 듣기가 싫었다. 항상 할머니는 내 편에서 이야기해 주시고 누가 나를 괴롭히면 말하라고 하신다. 할머니가 자꾸만 감기약을 먹으라고 해서 짜증이 났다. 가끔은 할머니에게 화가 날 때도 있다. 근데 내가 화를 내면 그때는 내가 삐진 걸 풀어준다. 그래도 할머니가 좋다. 맛있는 음식 해주고 나를 챙겨주기 때문이다. 할머니가 세상에서 엄마만큼 좋다.

나 때문에 가족이 싸우는 것도 싫었다. 내가 언어치료를 받아야 한다고 하니 삼촌은 할머니에게 태성이를 어린아이처럼 키워서 그런다고 뭐라 하셨다. 엄마는 한숨만 쉬시고, 할머니는 울기만 했다. 아빠는 아무 말씀 안 하시더니 결과지 보고, 한숨 쉬시더니 내가 "너를 데리고 안 가르쳤구나."라고 말씀하셨다. 나는 그 말을 들으니 답답했다. 내가 잘못한 건가라는 생각도 들었다. 엄마는 앞으로 치료를 해야 해서 더 힘들 수 있다고 했다. 엄마는 언어 관련해서 발음과 읽기 그리고 어휘 이해에 대해 치료를 받을 거라고 했다. 숙제도 많을 거라고 했다. 그래도 도와 줄테니 열심히 하자고 용기를 주셨다. 나 잘 할 수 있겠지?

"왜 친구들이 너랑 안 놀아주니?", "무엇이 문제니?"라는 말을 들을 때마다 계속 속상한데 말로 표현이 안 되어서 눈물이 났다.

매일 점심시간 엄마 교실에 간다. 엄마에게 미안했다. 엄마도 이 문제로 스트레스를 받으신다. 방법을 찾다가 생각했다. "세상은 정글이다." 내 말을 무시하고 이야기할 상대가 없는 세상이 정글같이 느껴진다. 언제나 유일한 쉼터는 엄마이다.

엄마는 안정감을 주시고 나에게 용기를 주신다.

10월 달부터 위클래스 선생님이 오셔서 나와 이야기해 준다. 나에게 오늘 있었던 이야기를 들려달라고 하셨다. 비밀도 지켜주시겠다고 하셨다. 대신 위험한 일이거나 부모님께 알려야 하는 사항은 먼저 나에게 물어보시고 부모님께 말씀드린다고 하셔서 안심이 되었다.

엄마는 내 마음이 답답하고 아프니 위클래스 선생님이랑 이야기해 보라고 하셨다. 10월 중순에 위클래스 선생님이 오셔서 처음으로 이야기를 했다. 처음에는 낯설어서 이야기를 못 했다.

선생님은 천천히 나에게 그날 있었던 이야기를 해 보라고 하셨다. 비밀 유지도 해 주신다고 하셨다. 첫날은 영어 시간에 있었던 이야기를 했다. 수업을 잘 받았다고 말씀드리니 재미있었겠다고 말씀해 주셨다. 마음이 한결 편해졌다. 매주 월요일마다 오셔서 나와 이야기 나눈다고 하신다. 두 번째 오셨을 때는 이야기할 내용이 없어서 그동안 다쳤던 곳을 이야기했다.

손, 발, 무릎 등이 골절돼서 아팠던 이야기도 했었다. 깁스를 해서 한 달 가까이 고생했다고 말씀드렸다. 선생님은 항상 부드러운 미소를 지으면서, 나를 걱정해 주고 위로해 주었다. 끝날 때는 안정을 위해 숨 고르기 연습을 가르쳐 주었다. 숨을 코로 3초 마시고 6초 내쉬고 하는 연습을 했다. 숨 고르기를 하고 나면 마음도 차분해지고 기분이 좋아진다. 이 연습을 하루에 한 번씩 하면 안정도 되고 기분도 좋아질 거라고 하셨다. 11월 말까지만 위클래스 선생님이 오셔서 아쉽다. 좀 더 빨리 알았으면 선생님을 더 만날 수 있었을 텐데, 만나는 시간이 짧아서 아쉽다. 엄마도 내가 상담받고 오면 마음이 놓인다고 했다. 중학교 때도 위클래스 선생님을 만날 수 있다고 하니 그나마 다행이었다. 앞으로 6학년이 얼마 남지 않았지만, 중학교 가서는 친구 사귀는 걸 잘할 수 있으면 좋겠다. 그러려면 자신감을 가지고 적극적으로 친구에게 다가가서 말도 하고 같이 놀기도 할 거다. 엄마는 나를 믿고 있다. 나를 응원하는 엄마가 곁에 있어서 힘이 난다.

여행은 언제나 즐거워

정진욱

요즘 나의 기분은 매일매일 달라진다. 아침에 눈을 떴을 때, 맑은 날씨와 학교 체육 시간, 그리고 학원이 없는 날이 겹치면 나는 기분 좋게 하루를 시작하며 행복감을 느낀다.

반대로, 잠을 잘 때 악몽을 꾸고 일어나자마자 엄마와 격렬히 다툰 날에는 어김없이 학교에서도 친구와 싸우게 된다. 말을 잘 듣지 않고 말썽을 피웠다. 엄마를 화나게 만드는 날은 하루가 꼬였다. 알면서도 엄마와 다투기를 멈추지 않는다.

감정싸움이 계속 반복되면서, 우리 사이에는 서로 기분 좋은 날보다 날카로운 감정을 주고받는 날이 훨씬 많아졌다.

먼저 내 기분부터 바꿔 보기로 했다. 초등학교 3, 4학년 무렵, 학교에서 친구에게 맞은 적 있었다. 하지만 그때는 선생님께 말할 용기가 없어 그 일을 계속 회피했다. 어느 날, 친구가 정말 심하게 나에게 쌍욕을 퍼부었고, 두려움을 느낀 나는 엄마에게 사실을 털어놓았다.

엄마가 선생님께 이 사실을 알리자, 다음 날 나를 때리고 욕했던 친구와 내가 함께 불려 갔다. 그런데 그때 그 친구가 너무 무서워서 선생님께 제대로 말을 잇지 못해 버벅거렸다. 결국 나는 피해자였음에도 선생님은 그 친구를 피해자로 오해하셨고, 억울하게도 나는 가해자처럼 취급되었다.

나중에 선생님이 사과하시기는 했지만, 그 일은 트라우마로 남았다. 문득 그때 그 친구가 나에게 뱉었던 말과 행동이 떠오르면, 나도 모르게 엄마가 나를 혼낼 때 쌍욕은 아니지만 비속어를 사용하게 되었다. 내가 왜 이럴까 자책하는 생각이 들 때마다 공부에 집중할 수 없었고, 친구가 한없이 미워졌다.

이러한 심리적 고통을 해소하기 위해, 특정 종교를 믿지는 않지만, 절에서 가져온 집중하는 방법을 시도하거나, 친구를 따라 교회에 놀러 가서 목사님이 주신 성경책을 보는 등 새로운 환경에서의 경험이 주는 편안함도 느꼈다.

엄마가 책을 출판한다고 바빠, 아빠와 단둘이 서울 여행을 가기로 했다. 아빠는 여행 하루 전, 서울에 사시는 작은아버지께 전화해서 "우리 서울 여행 후에 강화도로 가서 회를 먹고 거기서 하룻밤 잔 뒤, 다음 날 울산으로 갈 거야."라고 말씀하셨다.

사실 작은아버지는 강화도에 집이 있었다. 우리는 강화도로 가기 전 김포 하성면에 있는 애기봉에 들렀다. 애기봉에 도착해 표를 끊고 들어가려는데 군인들이 검문했다. 아무래도 북한 땅을 불과 2.4킬로미터 앞에서 볼 수 있는 전망대가 있었다. 수상한 물건 등을 들고 올라가거나 반입 금지 물품을 들여오는 것에 대해 신중하게 검사하는 듯했다. 전망대에 올라서니 시야가 탁 트인 풍경이 눈앞에 펼쳐졌다.

망원경으로 확대하니 북한 주민들의 모습이 보였다. 실제로 북한 땅을 이토록 가까이에서 보는 것이 신기하기만 했다. 확성기를 통해 흘러나오는 소리가 워낙 커서, 인근 주민들은 밤잠을 설칠 정도라 한다. 다행히 우리가 갔을 때는 야간 소음 테스트 중이었고, 마침 해가 저물어가고 있어 우리는 저녁 식사를 위해 자리를 옮겼다. 참돔과 가자미를 먹었는데 정말 맛있었다. 입안에서 회가 녹는 듯한 맛이었다.

밤이 깊어 가면서 확성기 소리가 실제로 들릴까 싶어 가만히 귀를 기울였다. 얼마 지나지 않아 들려온 확성기 소리는 상상을 초월할 만큼 거대하고 소란스러웠다. 살면서 이렇게 큰 소음은 처음이었다. 도저히 잠을 이룰 수 없어 일어나 보니, 아빠와 작은아버지는 여전히 이야기를 나누고 계셨다. 자정이 넘어서야 억지로 눈을 붙였으나, 소음 때문에 네 번이나 잠에서 깨며 밤새 설쳤다. 밖에 나가 보니 귀신이라도 나올 듯 어둠이 깔려있었다. 더 이상 잠을 청하기 어려웠다.

다음 날 일어나 검색창에 확성기 소리 데시벨을 검색해 보았다. 자동차 경적이 100데시벨인데 확성기는 85데시벨이라고 나왔지만, 밤이라 조용한 탓인지 체감 소음은 500데시벨처럼 느껴졌다.

우리는 서울로 이동해 저녁까지 구경한 뒤, 다시 울산으로 내려가는 일정으로 정했다.

수도권으로 빠져서 작은아버지와는 헤어지고 나와 아빠는 경의 중앙선을 타고 문산으로 갔다. 열차가 안 와도 너무 안

왔다. 아빠 열차 언제 도착해? 아빠가 대답했다. 곧 올걸? 이 대화를 끝으로 아무 말도 하지 않았다. 드디어 40분을 기다린 끝에 문산 급행이 들어왔다. 문산에 도착해도 할 일은 없었다. 점심을 먹고 이번에는 수도권 구경을 가기로 했다. 먼저 서강대학교에 들러 캠퍼스를 둘러보았다. 교내에 예수 동상이 서 있는 것이 인상적이었다. 조용히 기도할 수 있는 공간도 마련되어 있었다. 주말이라 그런지 오가는 사람없이 한적하기만 했다. 구경을 마친 후에는 기차 시간 때문에 서둘러 울산을 향해야 했다.

서강대역은 1호선이 지나지 않아 번거롭지만 공덕역으로 가서 1호선으로 갈아타야 했다. 공덕에서 서울역까지는 금방이라 도착하는 데 그리 오랜 시간이 걸리지 않았다. 지하철 안에서는 전도 하는 사람이나 물건을 파는 상인처럼 그동안 내가 일상에서 접하지 못했던 모습들을 마주했다. 여행을 통해 많은 사람들과 스치며, 모르는 사람을 바라보는 나의 시각도 넓어졌다. 내가 보지 못했던 모습을 보았다. 1호선이 지연되는 바람에 울산행 KTX 막차 출발까지 5분밖에 남지 않았다는 사실을 알게 되었다. 서울역 지하철 환승 통로에서 KTX 타는 그곳까지 거리는 예상보다 훨씬 멀게 느껴졌다.

필사적으로 뛰었지만, 울산행 막차는 눈앞에서 떠나고 말았다. 고속버스든 기차든, 울산으로 향하는 모든 교통편은 완전히 끊겼다. 부산 방면 열차가 남아 있긴 했으나, 울산역을 통과하지 않는 터라 아무 의미가 없었다. 별다른 도리가 없어 열차를 타고 동대구역으로 갔다. 근처 숙소에서 하룻밤을 지내게 되었다. 여행 속에서 다양한 사람도 만나면서 사람을 바라보는 시각도 바뀌었다.

원래는 서울에서의 1박 2일 일정을 계획했지만, 어쩔 수 없이 대구에서 하루를 더 묵게 된 셈이다. 그다음 날은 바로 벌초하는 날이었다. 이튿날 아침, 다시 동대구역으로 향하는 발걸음은 무거웠다.

예상치 못한 사건들로 긴장되기도 했지만, 함께하는 즐거움을 지키기 위해 어떤 상황에도 흔들리지 않고 단단한 사람이 되고자 한다.

매일매일 숙제 전쟁

진주호

엄마의 생각과 다를 때가 많았다. 학원 숙제를 깜빡하고 안 해 간 적이 있었다. 국어 학원에서는 『난중일기』를 읽고 모르는 어휘 10개를 정리하고, 뜻을 적어오라고 했다. 전날까지 기억하고 있었는데 다음날로 미루었다가 숙제하는 것을 잊어버렸다. 선생님께 숙제를 못 해왔다고 말했다. 선생님은 숙제를 일부러 안 해 왔다고 생각하고 엄마한테 연락하였다. 일부러 그런 건 아닌데 말할 기회를 놓쳐 제대로 설명하지 못했다. 엄마는 내가 학원에 가기 싫은 줄 알고 학원을 그만둘 거냐고 물었다. 이래서 나는 선생님이나 엄마를 이해할 수 없었다. 깜빡하고 숙제를 안 해 간 일을 학원을 그만두고 싶다는 걸로 해석한다는 게 신기했다. 그리고 앞에 말했던 학원 이야기에서 하고 싶은 말이 있다. 선생님이나 엄마가 이것만이라도 알아준다면 어린이 인생이 좀 더 편안해질 것 같다. 열두 살 어린이의 관점에서 말하고 싶은 게 있다.

첫 번째, 어른들은 아이들에게 해야 할 일들을 말한다. 그중에서도 어린이들이 듣기 싫어하는 말이 있다. 숙제를 재촉하는 말이다. 듣기 싫다고 해서 꼭 숙제하기 싫다는 의미는 아니다. 나도 알아서 할 수 있다는 뜻이다. 미루는 습관이 있는 건 인정한다. 수학 문제집의 경우 하루에 숙제가 두 장이다. 집중해서 문제를 풀면 보통 20분 정도면 끝난다. 나름대로 시간 계산을 해서 집에서 나가기 20분 전 숙제를 시작한다. 짧은 시간에 집중하면 빠르게 끝낼 수 있다. 그러다 보니 학원에 가기 바로 전 숙제를 하는 편이다.

하루는 할머니가 학원 가기 1시간 전에 문을 벌컥 열고 들어와서 "숙제해야지." 하고 말했다. 근데 이 말을 듣고 나니 기분이 상해서 숙제하기 싫어졌다. 반항심이 불쑥 올라와서 그날은 일부러 숙제를 안 해 갔다. 그날 저녁 퇴근해서 집에 온 엄마는 나를 보자마자 "오늘 받은 숙제 언제 할 거야?" 하고 물었다. 학원 선생님이나 할머니에게 무슨 말을 들은 것 같았다. 이미 숙제 때문에 마음 상해 있는데 온종일 기다렸던 엄마가 하나도 반갑지 않았다.

두 번째, 숙제에 대한 간섭도 문제다. 엄마는 글쓰기 숙제에 관심이 많았다. "글쓰기 숙제, 이거 제대로 한 거 맞아? 한 번만 더 보여줘 봐." 내가 혼자서 해 둔 거였는데 엄마가 왜 확인하는지 모르겠다. 엄마에게 한 번 봐달라고 부탁한 것도 아니었다. 심지어 열심히 했는데 '제대로' 한 게 맞는지 물어봤다. 잘했다고 생각하고 있었는데 기운이 쭉 빠졌다. 학원에 내는 글쓰기 숙제는 엄마가 보지 않으면 좋겠다. 내가 쓴 글을 엄마가 읽으면 부끄럽기도 하고, 피드백을 주면 다시 고쳐 써야 한다는 게 부담스럽다.

5학년 3월에 학교에서 나온 글쓰기 숙제가 있던 날이 있었다. '일주일 중 내가 가장 좋아하는 요일과 그 이유'를 써가는 숙제였다. 그때는 엄마랑 이야기하면서 글쓰기를 했다. 금요일이 제일 좋았다. 가족여행을 떠나거나 야식으로 떡볶이를 해 먹거나 〈서진이네〉 같은 TV 예능 프로를 함께 보는 날이었다. 우리 가족에게 특별한 요일이었기 때문에 금요일에 관해 이야기하면서 즐겁게 숙제했었다. 그때처럼 도움을 요청하면 함께해 주면 좋겠다.

세 번째, 원하지 않는 학원을 알아보고 다니라고 하지 않았으면 한다. 특히 수학 과목이다. 4학년 때 수학 학원에 다니다가 끊은 적이 있었다. 진도가 빨라서 이해하기 힘들었고 숙제도 많았다. 특히 서술형 과제가 많아서 어렵기까지 했다. 같이 수업 듣는 친구들은 대부분 숙제를 잘 해왔던 것도 마음이 불편했다. 나의 수학 실력이 형편없게 느껴졌다. 결국 부모님을 설득해서 학원을 끊었고 1년 정도 수학 학원은 다니지 않았다.

5학년이 되고 나서 학교에서 수학 단원평가를 치면 점수가 오르락내리락했다. 60점도 받아봤고 95점도 받아봤다. 4학년까지는 학원을 안 다녀도 80점은 넘었는데 5학년이 되고 나니 수학이 조금 어려웠다. 내가 60점을 받고 나서 엄마가 담임선생님과 상담 후에 수학 문제집을 한 권 사 왔다. 엄마는 내가 학원을 싫어하니까 학교 진도에 맞춰서 집에서 수학 문제집을 하루에 1장씩 풀어보자고 했다. 혼자서 공부하는 건 어려웠다. 문제집을 안 푼 날에는 엄마, 아빠에게 잔소리만 듣게 되어서 학원 다닐 때 보다 마음이 더 힘들었다.

　결국 지금은 수학 과외를 받고 있다. 초등학교 때 기초를 놓치면 중학교에 가서 더 힘들 수 있어서 이제는 학원에 다녀야 한다고 했다. 엄마는 몇 군데 학원을 알아보다가 천천히 배우기는 과외가 더 나을 것 같다고 했다. 내 생각도 꼭 다녀야 한다면 학원보다는 과외가 나을 것 같았다. 다행히 과외선생님이 좋아서 학원에 다닐 때만큼 진도나 숙제로 스트레스가 크지는 않다. 그래도 좋아하지 않는 과목을 억지로 더 배우는 건 싫다. 얼른 수학 공부법을 익혀서 혼자서도 어려운 문제를 술술 잘 풀어내고 싶다. 그러면 과외도 끊고 내가 하고 싶은 만큼만 공부하면 되기 때문이다.

　엄마나 어른들이 어린이의 관점에서 이해해 주어야 한다. 아이들의 입장에서 생각해 보는 거다. 아이들이 처음부터 모든 걸 잘 해내기는 어렵다는 걸 알았으면 좋겠다. 어린이들은 평가받는 게 두렵다. 항상 사랑받고 싶다. 재촉하고, 간섭하고, 억지로 시키면 잘못하는 것처럼 느껴져서 슬프다. 해야 할 일을 안 했다고 말하기 전에 계획을 물어봐 주고, 열심히 과제를 했다면 부족하더라도 수고했다고 말해 주면 좋겠다. "언제 할 거야? 제대로 한 거 맞아?"보다 "사랑해. 힘내. 믿어. 응원해." 이런 말을 더 많이 자주 듣고 싶다. 그러면 신이 나서 숙제도 더 잘하고 반항심이 생기다가도 사라질 것 같다. 그리고 어버이날 편지에 "우리 엄마, 아빠가 최고예요. 사랑해요. 힘내요."라고 적어줄 수도 있을 것 같다.

제 3 장

서로의 마음을 연결하는 소통법

엄마도 서툴지만 괜찮아

박지은

목요일은 유독 짧게 느껴졌다. 아이의 학교 수업이 주중 가장 많은 날이라 하교가 늦었다. 매일 있는 피아노, 태권도에 더해 일주일에 한 번 있는 수영 수업까지 겹쳐 하루가 빠듯하게 흘러갔다. 학교 수업이 1시 40분에 끝나고, 피아노가 2시부터 시작되었다. 피아노 수업이 끝나면 바로 3시 태권도 수업. 그리고, 4시 30분 수영 차량 타기. 목요일, 아이의 하루는 빠듯한 일정이었다.

모든 일정을 놓치지 않으려면 톱니바퀴처럼 딱딱 맞아 떨어져야 했다. 학교에서 피아노 학원까지 거리는 걸어서 20분이었다. 그리고 피아노 학원 옆에 태권도장이 있었다. 처음엔 학교 갈 때 태권도복을 가방에 넣어 들고 가라고 했었다. 여자 아이라 아침마다 원하는 등교 복장을 골라 입었기 때문에, 태권도복을 입고 학교 가는 것은 선택지에 없었다. 그런데 아이는 태권도복을 갈아입을 시간이 부족하다며 조금이라도 늦어질까 봐 불안하다고 했다. 아이의 마음을 받아들였고 목요일 하굣길은 차를 태워 학원에 데려다 주기로 했다. 학교에서 아이를 태우면 차 안에서 옷을 갈아입도록 했고, 피아노 학원 앞에서 내려주기로 했다.

하지만 계획은 순탄하게 흘러가지만은 않았다. 어느 목요일, 오전 회의가 길어지며 아이를 데리러 가야 할 시간을 놓쳤다. 아이에게서 전화가 왔다. 회의가 늦게 마쳐서 이제 출발한다고 했다. "엄마, 어떻게 약속한 시간을 잊어버릴 수 있어?" 그리고, 아이는 다급하게 물었다. "태권도복은 어디 있어?" 옷은 차 안에 있었다. 분명한 계획이 있어야 마음이 놓이는 아이여서 지금부터 해야 할 일을 알려주었다. 서둘러 피아노 학원으로 갈 테니 피아노를 치면서 기다리라고 했다. 피아노 학원으로 도복을 가져다주었다. 다행히 수업을 시작하기 전에 태권도장에서 도복을 갈아입었다. 잘 수습된 하루였다.

문제는 일주일 뒤였다. 이번에도 뜻하지 않게 약속 시간에 늦게 되었다. 학교로 운전해 가는 중에 전화를 받았다. 전화기 너머 아이 목소리에는 화가 잔뜩 묻어 있었다. "엄마, 왜 자꾸 약속을 어겨. 피아노 학원으로 태권도복 빨리 가져다줄 수 있어?" 울면서 말했다. 지난주처럼 하기로 하고 전화를 끊었다.

아이가 불안해하지 않도록 돕겠다는 마음으로 학교에 데리러 간다고 한 거였다. 그런데, 약속을 두 번이나 어기면서 더 불안하게 만들고 있었다. 아이에게 가면서 의문이 들었다. 이렇게 챙겨주는 게 아이를 위한 걸까? 스스로 해낼 기회를 잃고 있지는 않은 걸까? '지나친 보호가 때로는 아이의 자립을 더디게 한다.' 어디선가 들었던 전문가의 말이 머릿속에 떠올랐다.

아이가 스스로 하교하도록 그냥 두어보기로 마음먹었다. 그날 저녁 앞으로 엄마가 데리러 가는 건 어려울 것 같다고 아이에게 말했다. 두 번을 연달아 늦은 탓인지 아이는 상황을 받아들였다.

이후 아이는 학원 시간을 적어놓고 자신의 시간을 계획했다. 맘에 드는 옷들을 매일 번갈아 입고 가려는 마음을 내려놓았다. 목요일엔 아예 태권도복을 입고 등교하겠다고 했다.

피아노와 태권도, 수영까지 이어지는 일정 속에서도 엄마의 도움 없이 혼자 해낼 수 있는 방법을 찾아냈다. 혼자서 준비물을 챙기고 시간을 관리할 수 있겠다는 믿음이 생겼다.

방학 동안 도자기 체험을 하면서 친해진 가족들과 워터파크를 함께 간 적이 있다. 단체 버스를 타고 가니 자리가 넉넉해서 다섯 명 정도는 더 탈 수 있었다. 큰딸과 둘째딸도 워터파크라니 좋아하며 같이 가겠다고 했다. (초등과 분리되어 놀고 싶어 하는) 딸들은 둘이서 따로 다니다가 저녁 6시 버스 앞에서 다시 만나기로 했다. 아이들에게 길을 잃으면 핑크색 티셔츠를 걸어둔 썬베드를 찾아오라고 당부했다. 막내딸은 도자기 체험 때 친해진 언니들과 함께 다녔다.

우리 가족끼리 워터파크에 가면 늘 아이들을 보호하고 챙기는 일이 우선이었다. 단체로 오니 아이들끼리 놀다 오라고 보내고, 오랜만에 '나'를 위한 시간을 가질 수 있었다. 아이들과 헤어진 뒤 파도풀로 향했다. 구명조끼를 입고 둥둥 떠서 다가오는 파도를 기다렸다가, 파도와 함께 점프하는 시간이 의외로 즐거웠다. 몇 번을 반복하고 썬베드로 돌아오니 막내딸이 그 자리에 와 있었다. 어쩌다 보니 같이 다니던 언니들과 헤어졌다고 했다. 아이는 약속했던 핑크색 티셔츠가 걸린 썬베드로 혼자 찾아와 누군가 오기를 기다리고 있었다.

"와, 혼자서 잘 찾아왔네. 대단하다." 늘 손을 잡아줘야 할 것 같았던 막내가 복잡한 곳에서도 길을 잘 찾아온 모습이 기특했다. 잠시 후 헤어졌던 3학년 언니들도 썬베드로 돌아왔다. 서로 어디 있었냐며 손을 잡고 방방 뛰다가, 아이들은 이내 다시 슬라이드 쪽으로 향했다.

이제 막내 걱정은 덜어도 되겠다는 생각이 들었다. 썬베드에 누워 잠시 쉬고 있을 때, 따로 놀기로 했던 두 딸이 막내를 데리고 왔다.

"슬이가 유수풀 근처에 혼자 있길래 걱정돼서 데려왔어." 막내는 혼자서도 잘 찾아올 수 있었을 텐데, 언니들이 동생 걱정으로 데려온 거였다. 부쩍 자란 막내도, 동생을 챙기라고 잔소리하는 딸들도 모두 예뻐 보였다. 완벽한 엄마는 아니지만, 아이들은 저마다의 속도로 잘 자라고 있음이 고마웠다.

돌이켜 보면, 나의 실수가 아이를 독립적인 존재로 만들어주기도 한다. 약속을 지키지 않는 엄마라는 말을 듣기도 했고, 아이의 눈물을 볼 때도 있었다. 뒤를 졸졸 따라다니지 않고, 자유롭게 두었더니 길을 잃고 헤매던 아이는 약속 장소로 잘 찾아왔다. 아이는 '엄마 없이도 해낼 수 있는 나'를 경험하고 있었다. 아이는 나에게서 한 걸음 멀어지고, 자신에게 한 걸음 더 가까워지는 경험을 하며 성장해 가고 있었다. 꼭 필요한 순간에만 손을 내미는 엄마가 되려고 한다. 완벽한 엄마가 아니어도 괜찮다고 위안해 본다.

줄넘기와 외식

곽예슬

진주에 있는 큰언니가 집에 왔다. 큰언니는 한 달에 한 번 정도 온다. 주로 주말에 와서 가족과 함께 시간을 보낸다. 큰언니가 오는 날은 드라이브를 가기도 하고 외식도 하니까 항상 신나고 좋다. 이번에도 외식을 하기로 했다. 장소는 걸어서 갈 수 있는 롯데마트 2층이었다. 잘 됐다 싶었다. 요즘 태권도에서 줄넘기 2단 뛰기를 배우고 있다. 2단 뛰기가 어려워서 매일 연습해야 한다. 주말에도 아침부터 연습하고 싶었다. 2단 뛰기는 가끔 한두 번 성공하는데, 두 번을 기본으로 하고 세 번 정도 되도록 연습하고 싶은 마음이 컸다. 외식하러 가는 길에 잠깐씩 멈춰서 연습하면 된다고 생각해서 줄넘기를 챙겼다. 아빠가 줄넘기 챙기는 걸 보고 말했다. "밥 먹으러 가는데 줄넘기는 왜 챙겨? 그냥 집에 두고 가." 아빠는 좀 화난 말투였다. 그냥 틈날 때 연습하려고 했는데, 내 생각은 듣지도 않고 화내니까 무서웠다.

아빠 몰래 줄넘기를 가방 안에 넣었다. 엘리베이터에서 내린 후 아빠, 엄마, 언니들이 앞쪽으로 걸어갔다. 평소에는 아빠 손을 잡고 걸어가지만, 일부러 뒤쪽으로 천천히 걸었다. 사람들이 없는 길이 나오자 줄넘기 2단 뛰기를 한 번만 해보고 싶었다. 줄넘기를 꺼내서 한 번 뛰었다. 그 순간, 아빠가 뒤를 돌아봤다. "줄넘기 가져오지 말라고 했는데 언제 챙겼어? 길에서 줄넘기하면 누가 다칠 수도 있고 위험하잖아!" 아빠는 다시 화를 냈다. 사람 없는 걸 확인하고 뛴 건데 왜 화를 내는지 이해가 안 됐다. "알았어, 안 하면 되잖아." 줄넘기를 가방 안에 넣었다. 정말 열심히 연습하고 싶었는데 그 마음은 이해받지 못했다. 아빠에게는 더 설명하고 싶지 않았다. 엄마에게 말했다. "사람 없는 거 보고 한 건데, 아빠는 화만 내." 엄마에게 말하고 나니 조금 마음이 편해졌다. 그런데 엄마도 걸어가는 길에 줄넘기하는 건 아닌 것 같다고 했다. 더 속상해졌다. 틈틈이 연습하고 싶었던 건데 아무도 내 마음을 이해하지 못하는 것 같았다. 사람들이 없었는데 위험하다는 말만 했다.

　음식점에 도착해서도 기분이 잘 풀리지 않았다. 아빠는 고기를 주문하고, 큰언니와 작은언니는 스파게티와 피자를 골랐다. “나는 마늘빵.”이라고 말했지만 바로 주문해 주지 않았다. 아빠는 엄마한테 또 뭐 먹을지 물어봤다. 엄마도 스파게티를 골랐다. 마지막에야 내 마늘빵을 주문했다. 언제나 제일 마지막 순서가 나인 것만 같았다. 내 마음이 얼굴에 나타났는지 큰언니가 나한테 “괜찮아?”라고 물었지만 대답하지 않았다. 아빠는 마늘빵 말고 더 먹고 싶은 게 있냐고 물어봤다. “몰라.”라고 대답했다. 모른다고 말한 건 기분이 나쁘다는 뜻이었다. 모두 반응이 없는 걸 보니 아무도 알아채지 못한 것 같았다.

　엄마가 화장실에 간다고 했다. 기분 좋지 않은 상황에서 그래도 가족 중에서 엄마랑 있는 게 가장 나을 것 같았다. 엄마에게 같이 가자고 했다. 엄마는 내 마음은 모르는 것처럼 아무렇지 않게 내 손을 잡고 갔다. 엄마가 화장실 안에 들어간 사이 혼자 있으니 줄넘기 때문에 엄마한테도 속상했었던 순간이 떠올랐다. 엄마가 나오지도 않았는데 혼자서 음식점으로 돌아갔다. 마늘빵이 나왔는지 궁금하기도 했다. 식당에 오니 언니들은 둘이서 얘기를 나누고 있었다. 나 없이도 즐거워 보였다. 자리에 앉아서 아무 말도 하지 않았다. 마늘빵은 아직 나오지 않았다. 음식을 기다리는 동안 누구와도 이야기하지 않았다. 언니들도 더 이상 나에게 괜찮냐고 묻지 않았다.

엄마는 꽤 오랫동안 식당으로 오지 않았다. 한참 후에 온 엄마는 나를 보고 굳은 표정으로 말했다. 화장실에서 나오니 내가 없어서 여기저기 찾았다고 했다. 화장실 옆 칸에 들어갔나 싶어 노크해서 내 이름을 불러보았다고 했다. 혹시 길을 헤매는 건 아닌지 식당으로 돌아오면서 옆길을 둘러보며 왔다고 했다. 엄마는 화난 표정과 딱딱한 말투로 말했다. "앞으로는 어디 가면 꼭 말하고 가. 엄마가 걱정했잖아." 엄마는 화난 목소리였지만, 나를 진짜로 걱정하고 있다는 게 느껴졌다. 가족들은 나를 걱정해서 하는 말인데 내가 속상해했나 하는 생각이 들기 시작했다.

 잔소리하는 엄마, 투덜대는 아이

마늘빵이 나왔다. 고기, 스파게티, 피자도 연달아 나왔다. 가족들은 내 숟가락과 포크를 챙겨주었다. 물도 떠주고, 물티슈도 내 자리에 놓아줬다. 앞 접시에 피자와 스파게티도 나눠 담아주었다. 내가 좋아하는 마늘빵은 제일 큰 걸로 골라주었다. 나는 아빠에게 먼저 손을 내밀며 말했다. "자, 화해의 손길." 아빠는 웃으면서 "우리가 언제 싸웠어?"라고 했다. 가족들은 아무 일도 없었다는 듯이 나를 받아주었다. 내 마음은 점점 좋아졌다. 마늘빵은 오늘따라 더 맛있게 느껴졌다. 가끔 서로 마음을 잘 몰라주기도 하지만, 가족들은 결국 나를 챙겨주고 있다는 사실을 알았다. 줄넘기는 못 했지만 마지막엔 기분 좋은 외식이 되었다.

빙수와 손편지

이현경

팥빙수를 먹으러 가자고 하자 서우가 눈 크게 뜨고 물었다. "지금요? 그럼 팥빙수 먹으면서 숙제할까요?"

일요일 저녁이었다. 기특하게도 카페에서 숙제하겠다고 이야기했다. "엄마도, 가서 책 읽을 거예요?" 매일 바쁘다고 말하는 엄마가 팥빙수를 먹으러 갈 시간은 있느냐고 생각하는 눈치였다.

일요일 저녁에 외출을 계획한 건 산책도 할 겸 분위기를 전환하고 싶어서였다. 종일 컴퓨터 앞에 앉아 있어서 답답하기도 했다. 이번 여름 팥빙수를 먹지 않았다는 사실도 기억났다. 나간 김에 팥빙수도 먹고 책 사진도 찍을 참이었다. 아파트 앞 메가 커피에 갔다. 팥빙수를 컵으로 판매한다는 이야기를 들었다. 키오스크를 눌러보는데 마침 팥빙수 메뉴가 품절이었다. "길 건너 파리바게트에 가서 먹자. 여기는 품절이야. 모처럼 나왔는데 팥빙수 먹어야지." 서우는 팥빙수보다는 외출 자체에 의미를 두었던 건지, 망고 빙수를 선택하여 먹자고 했다. 자리를 옮기지 않고 메가 커피에서 망고 빙수와 녹차 프라페를 주문했다.

빙수가 나오자, 서우는 숟가락을 챙겨 들며 말했다. "엄마, 같이 나눠 먹어요." 녹차 프라페를 앞에 두고 책을 펼쳤다. 빨대로 음료수를 마시려고 하는데 서우가 물었다. "엄마, 책 사진 찍었어요? 이렇게 찍어 봐요." 사진 찍으려고 카페 나온 거면서 잊어버릴 뻔했다. 카메라 앱을 열어 사진을 찍었다. 서우 사진도 한 장 찍었다. 매번 찍기만 하고 잘 정리하지 않는다는 걸 알면서도 엄마가 카메라를 열면 자세를 취해준다. 엄마가 책 사진 찍는 걸 좋아한다는 걸 기억해 주었다.

빙수를 몇 숟가락 먹다 숙제 공책을 꺼냈다. 테이블 두 개가 복잡해졌다. 보통 일요일 저녁은 다음 날 준비로 분주한 편이다. 숙제로 마음이 바쁘기 때문이다. "집에서 하면 되지, 왜 굳이 여기서 하려고 했어요?" 평소에는 내가 일이 늦게 끝나는 바람에 이렇게라도 시간을 내어 같이 있는 시간을 만들었던 터다.

서우는 학교에서 있었던 일, 친구들과의 이야기, 사소한 일상을 자주 들려준다. 학교 끝나고 학원 가기 전, 친구 만나기 전에 전화로 이야기한다. 6학년이 되면서 수다 시간이 조금 줄었다. 요즘은 대화라기보단 확인에 가깝다. 밥 먹었는지, 학원 숙제는 했는지, 내일 준비물은 챙겼는지 물어본다. 서우가 어릴 때는 아침 등교하기 전에 함께 책 읽고, 저녁에도 같이 누워서 뒹굴뒹굴하는 시간이 많았는데, 어느새 그런 시간이 사라지고 있었다. 아침 식사하는 시간에 두 아이를 앉혀 놓고 긍정 확언을 하거나 신문을 읽곤 했었다. 그러면 자연스럽게 대화로 이어졌다. 요즘은 대화보다는 일상을 확인하고 있는 게 더 많은 것 같다.

서우가 빙수를 먹으라며 내 쪽으로 밀어주었다. "엄마, 엄마 차례." 원래 먹으려던 팥빙수는 아니었지만 맛있게 먹었다. 빙수 하나 먹는 게 오래 걸리는 일도 아닌데 왜 못하고 있었을까. 올해 생각글방 독서논술이라는 개인 브랜드를 시작하면서 바쁘다는 말을 자주 했다. 시간 관리를 해도 매일 일이 쌓였다. 전에는 프랜차이즈에 가맹되어 있어 교재를 받았지만, 지금은 개인 브랜드라서 교재를 자체 제작해야 하고, 모든 운영도 내 몫이다. 그러다 보니 작년보다 일이 두

배 늘어난 느낌이다. 아이의 초등 시간이 얼마 남지 않았다. 친구가 더 좋은 나이라 예전처럼 엄마와 놀자고 떼쓰지도 않는데도 시간을 못 내고 있다. 잠깐이라도 눈 마주치며 대화하고 같은 공간에서 시간을 보내야 하는데 하지 못했다. 아까운 시간이 흘러간다는 생각이 들었다. 아이와 보내는 시간을 우선순위로 두어야 한다는 걸 알고 있으면서 실천하지 못했다.

빙수를 다 먹고 돌아오자 운동 갔던 남편이 집에 와 있었다. 두 시간이 훌쩍 지나갔던 거다. 일요일 저녁 시간을 이렇게 보낸 것도 좋았다. 집에 있으면 괜히 마음이 분주해지곤 한다. 요즘은 카페 나들이 가거나 스터디 카페에서 함께 공부하는 시간을 일부러 만든다. 조금 여유가 생기면 함께 운동하면서 가족 취미나 추억을 만들고 싶다.

서우는 엄마에게 편지를 자주 써 준다. 예쁜 메모지가 새로 생겼다면서 쪽지를 써서 주기도 했고, 그림을 그려서 주기도 했다. 2년 전『엄마표 문해력 수업』책을 출간할 때 출판사와 우여곡절이 있었다. 10개월 동안 퇴고하고 수정했던 원고를 버리고 다른 출판사를 알아봐야 했다. 출간계약이 해지

되었던 거다. 출간을 앞두고 있다가 원점으로 돌아가서 새롭게 해야 하는 상황이었다. 다시 시작해야 한다는 부담이 컸다. 며칠 동안 무너져 있었다. 서우에게 직접 말하지는 않았지만, 엄마의 기분을 눈치챈 모양이다. 서우는 손편지를 적어 주었다. "엄마가 하는 일이 잘되기를 바랍니다. 사랑해요." 출판이나 계약 같은 상황을 이해하지 못했지만, 손편지를 써서 위로한 거다.

아이라고 해서 어른의 감정을 이해 못 하는 건 아니다. 어른들은 아이들이 모른다고 생각하지만, 아이들은 항상 부모를 관찰한다. 서우도 엄마의 기분이 어떤지 살펴보고 풀어주기 위해 손편지를 써준 거다. 가족의 응원 덕분에 원고를 수정하여 다시 투고했고, 다행히 새 출판사와 계약했다. 책은 무사히 출간되었고, 교보문고에서 출간 사인회도 열었다. 출간 사인회에서 남편은 친정엄마를 포함하여 가족들 수만큼 책을 더 구매했다. 사인회 시작 전 가족들에게 일일이 사인을 했다. 서우에게도 엄마를 믿고 기다려줘서 책을 무사히 출간했고, 응원해 줘서 고맙다는 말을 전했다.

아이와 소통하는 건 함께 시간을 보내고 서로 응원하는 일이다. 아이가 크고 나면 일요일 저녁 빙수를 먹으러 간 시간이 기억날 거다. 작은 일 함께한 기억이 소중할수록 마음이 몽글몽글해진다. 가끔 아침에 엘리베이터 앞에서 꼭 안아주고 잘 다녀오라고 배웅한다. 운동화 끈이 풀리지 않도록 쪼그리고 앉아 끈을 꽉 묶어주고 오랫동안 손을 흔들어 준다. 손편지를 주고받고, 카페에서 사진을 찍어주는 소소한 일들이 좋다. 곧 초등학교 졸업이다. 중학생이 되면 친구들과의 시간이 더 중요해지며 사춘기도 올 것이다. 엄마와 함께 하는 시간은 더 줄어들 수도 있다. 여행 가고, 맛있는 것 먹으면서 추억 만드는 것도 좋겠지만 그보다 더 중요한 게 사랑이다. 소소한 일상이 사랑으로 이어진다.

말로 하는 것만 대화가 아니다. 눈을 맞추고 카페에 함께 앉아 같은 빙수를 나눠 먹고, 사진을 찍는 일도 소통이다. 바쁘다는 말 자주 하는 대신 시간을 내야겠다. 함께 하지 않으면 모르기 마련이다. 평범한 일상을 오히려 오래 기억할 거다. 일상생활을 하며 자주 사랑 표현하는 게 중요할 터다.

엄마는 항상 내 편

박서우

목요일, 금요일에 다니는 줄넘기 학원에서 여덟 명과 함께 구슬 줄넘기로 '차이니즈'를 했다. 차이니즈란 두 명 이상이 서서 줄을 교차해서 잡은 후 오른손이나 왼쪽부터 박자에 맞춰 돌리는 동작이다. 차이니즈는 최소 두 명과 함께해야 하는 줄넘기라 처음 시작하는 사람은 쉴 틈이 없이 뛰어야 해서 힘들다. 줄넘기가 끝나면 레크레이션을 한다. 레크레이션은 공을 가지고 게임을 하며 노는 시간이다.

줄넘기 학원이 끝나자 무릎이 아프고 땀도 났다. 힘들어서 매운 게 먹고 싶어졌다. 마침 엄마가 엽기 떡볶이를 시켜준다고 했다. 엄마와 마음이 통한 것 같았다. 치즈가 듬뿍 들어가 있고, 소시지가 네 개 이상 들어가 있는 것을 좋아한다. 떡이랑 어묵이 같이 들어가 있는 게 가장 맛있다. 여기에 주먹밥을 추가로 같이 먹으면 환상의 조합이 된다. 이렇게 먹으면 스트레스도 날아가고 안 좋았던 기분이 갑자기 좋아지기도 한다.

엽기 떡볶이가 도착했다. 들뜬 마음으로 얼른 상을 폈다. 언제나 그랬듯이 엄마는 내 취향대로 치즈가 많이 들어가 있고, 어묵과 떡, 소시지가 들어가 있는 걸로 시켜줬다. 매운 거를 먹었더니 스트레스가 풀린 기분이었다. 스트레스가 풀리니 나른해지고 기분도 꽤 좋아졌다. 역시 떡볶이는 스트레스를 많이 받았을 때나 기분이 안 좋을 때 먹어야 꿀맛인 것 같다.

엄마와 나는 음식 취향이 비슷하다. 여름에 엄마와 단둘이 워터파크를 갔는데 거기서 시켜 먹은 치킨도 엄마와 내가 좋아하는 맛이었다. 쪼글쪼글해진 손으로 치킨을 집어 먹는다는 것이 수영 다음으로 행복했다. 바삭바삭하고 속은 촉촉한 게 겉바속촉이었다. 양념 소스에 한 번 푹 찍어 먹으면 세상 부러울 게 없었다. 역시 수영하고 먹는 치킨이 최고이다.

이번 워터파크는 엄마와 단둘이 갔다. 아빠와 오빠는 바빴기 때문이다. 엄마랑만 가도 충분히 즐거웠다. 워터파크에는 슬라이드, 파도풀, 유수풀, 스파와 사우나가 있다. 예전에

워터파크에 갔을 때는 아빠와 함께 슬라이드를 타고, 엄마와
는 주로 유수풀, 파도풀, 스파 등에 다녔다. 이번에 간 워터
파크는 부천에 있는 웅진 플레이도시였다. 아주 어렸을 때부
터 갔던 곳이다. 워터파크의 구조가 대강 파악되어 있었다.
이번에는 엄마와 둘이 와서 같이 슬라이드를 함께 탈 사람이
없었다. 하지만 슬라이드가 꼭 타고 싶었기 때문에 혼자 타
겠다고 자신 있게 얘기했다. 하지만 혼자 돌아다니면서 타러
다니는 것은 위험하다고 했다. 어쩔 수 없이 엄마를 끌고 슬
라이드를 타러 다녔다. 엄마는 살이 별로 없어서 슬라이드를
탈 때마다 꼬리뼈가 아프다고 했다. 그래도 엄마는 나를 위
해서 계속 같이 타 주었다. 엄마의 수영복은 구멍이 났고, 엄
마의 꼬리뼈에는 멍이 들었다. 엄마가 나를 위해서 꼬리뼈가
아픈데도 슬라이드 함께 탔던 거였다. 엄마의 고생으로 워
터파크에서 즐겁게 놀 수 있었다. 엄마는 내가 먹고 싶은 것
을 사줬다. 입고 싶은 옷들도 사줬다. 또 엄마는 내가 원했기
때문에 꼬리뼈가 아픈데도 슬라이드 함께 탔던 거다. 그때
도 엄마는 나를 위해 즐겁게 웃으며 놀아주었다. 옷에 구멍
이 생겨도, 꼬리뼈에 멍이 들어도 엄마는 부탁을 다 들어주
었다. 엄마의 마음을 다 알지는 못할지라도 엄마의 꼬리뼈는

    잔소리하는 엄마, 투덜대는 아이

오래 기억날 것 같다. 오늘은 엄마 의자에 방석을 놔드려야 겠다.

　엄마는 내가 가고 싶은 곳도 대부분 가게 해 준다. 친구들이랑 찜질방에 가서 놀고 싶다고 했을 때도 고민해보고 "오케이." 했었다. 또 친구랑 놀이 공원에 가고 싶다고 했을 때도 친구 엄마랑 상의해 보고 "오케이." 했었다. 친구랑 홍대를 가고 싶다고 했을 때는 위험하다고 생각해서 처음에는 반대했었지만 부탁을 하니 망설이다가 "오케이." 해주었다. 내가 철이 없어도 넘어가 주었고 떼를 써도 받아주었다. 원하는 것은 대부분 들어주었다.

　엄마가 항상 함께한 것은 아니다. 한 번은 동네 친구들과 한강 수영장에 가기로 했었다. 친구 일곱 명과 엄마 다섯 명이 갔다. 못 온 엄마는 회사 다니는 이모와 우리 엄마였다. 엄마는 수업이 있어서 오지 못했다. 수영이 끝난 다음에 젖은 수영복과 젖은 수건이 들어가서 무거운 가방을 혼자 들고 집에 왔다. 집에 오니 어깨에 자국이 생겼다. 짐 들어주는 거 말고는 거의 다 이모들이 알아서 해주고 챙겨 주었다. 그럼에도 엄마가 오지 않아서 조금 외로웠었다. 다른 아이들은 엄마와 떠들면서 쉬고 있었다. 엄마가 같이 오지 않은 애들은 같이 이야기할 사람이 없어서 외로웠을 것이다. 엄마가 수업이 없었더라면 같이 올 수 있었을 것이다. 집에 오자 엄마는 얼굴이 까매졌다고 깜짝 놀랐다. 내가 모자를 벗고 선크림을 바르지 않고 놀았기 때문이다. 엄마는 햇볕에 타서 얼굴이 빨개졌을 때 좋다는 감자를 갈아서 얼굴에 발라주었다. 열도 나고 힘들어서 침대에 누워서 쉬었다. 그동안 엄마는 내가 편히 쉴 수 있게 도와주었고 얼굴 상태도 자주 확인해 주었다. 엄마가 함께 가지는 않았지만, 집에 오니 걱정해 주며 챙겨 주었다. 엄마가 같이 가지 않은 점은 속상하고 아쉬웠지만 감자 팩으로 마음이 풀어졌다.

또 한 번은 3학년 때 학교에서 방과 후 뮤지컬 공연이 있을 때였다. 뮤지컬 제목은 〈워셔블〉이었고, 난 백조와 암탉 역이었다. 암탉 역은 알을 낳는 시늉을 하면 되었다. 백조 역은 자기 모습을 친구들에게 자랑하며 친구들은 호응을 해주는 역할이다. 매주 월요일마다 연습했고 완벽하게 대사를 외워 엄마에게 오라고 했었다. 하지만 엄마는 수업이 있어서 오지 못했고, 너무 슬픈 나머지 울음을 참으면서 회사에 있는 아빠에게 연락했다. 아빠도 회사라서 못 온다고 했다. 준비했던 공연은 나를 보러 온 사람 없이 진행되었고 너무 허무했다. 공들여 준비했지만 아무도 보지 못한다는 사실이 말이다. 열심히 준비했던 나날들은 한순간에 사라지고 말았다. 하지만 이때 이후로 엄마, 아빠는 내가 하는 공연에 빠지지 않고 가려고 노력하고 있다. 혹시 못 오게 되더라도 나중에라도 합류하여 축하해주고 함께 있어 주었다.

엄마, 아빠는 항상 내 기분에 맞춰주려고 노력한다. 함께하지 못하는 날에는 집에서라도 기분을 풀어주려고 노력한다. 엄마, 아빠가 함께하지 않아서 가끔 속상하거나 힘들 때도 있다. 그래도 엄마, 아빠가 내 편이라는 것을 안다. 중학교에 가서 공부가 힘들거나 하기 싫을 때가 있을 것이다. 또 친구 관계가 틀어질 수도 있다. 엄마, 아빠에게 서운할 수도 있다. 이럴 때마다 엄마, 아빠가 믿어주고 항상 도와주니 나도 힘을 낼 수 있을 것 같다.

사랑하는 보물 1호

최혜정

지난 몇 주 동안 아이에게 미안하고 속상했다. 뭐라 할 수 없는 여러 가지 감정이 들었다. 왜 이런 상황이 됐는지 정말 모르겠다. 1학기 때부터 아이의 힘든 일을 해결하고자 노력했으나, 한순간에 다시 수면 위로 올라온 느낌이었다.

해결 방법은 나오지 않았다. 아이는 계속 점심을 안 먹고, 쉬는 시간에 대화할 상대가 없어서 힘들어했다. 상황이 무한 반복되는 기분이 들어 많이 화가 났다. 개학 후 2주 지나고 셋째 주에 점심을 안 먹고 온 것이 문제였다. 분명 선생님에게도 부탁을 드렸다. 지금까지 울지 않았는데 서럽게 울기 시작했다. 그 순간 뇌에 회로가 끊어지는 느낌이었다. 아무 생각도 안 들고 바로 조퇴를 시켰다. 수업을 더 이상 진행하기 어렵다고 판단했다. 다음날 부터 4일을 쉬고 아이를 위해

병원을 알아보았다. 그날부터 머리가 아팠다. 아이를 위해 할 수 있는 건 다 해야 했다. 담임 선생님께도 학교에도 문제가 뭐인지 조율하면서 이야기했다.

내 입에서 나오기 싫은 단어 "따"라는 단어가 나오게 하는 이 상황이 너무 싫었다. 설마 했는데 '이게 맞구나.'라는 생각에 속상했다.

아이가 뭘 그리 잘못했다고. 잘못이 없어도 놀 상대가 없는 이 상황. 아이에게 학교는 지옥이었다. 마음을 안정시키고, 아이를 도와줄 방법을 찾아야 했다. 우선 아이의 언어 발달이 문제가 되는 것 같았다. 또래 친구들과 소통이 안 되는 것 같아서 병원을 급히 찾아가서 검사를 하고 심리 상담을 진행했다. 이미 마음에 상처도 받고 있어서 검사를 많이 해야 했다.

아이가 5~6세가 아니라 학년이 있는 아이라 병원을 찾기도 힘들고 어디서부터 해야 할지 막막했다. 사실 아이 4학년 때 담임 선생님이 아이가 난독증인 것 같다고 했을 때 이 분이 전문가도 아닌데 왜 우리를 이리 힘들게 할까 라고 생각했었다. 화도 나고 아이와 아빠와의 관계가 더욱 악화되어서 한동안 아이가 아빠를 무서워했다. 그때 치료를 시작했다면 사태가 여기까지 이어지지 않을 텐데 후회됐다. 남편이 받아들이기 힘들어했다. 그러나 어쩔 수 없이 받아들이고 빨리 치료를 시작해야 했다.

대학병원 전화 돌려 예약을 하려고 하니, 의사 파업이 끝난 게 아니었다. 예약이 쉽게 될 줄 알았지만 아직 돌아오지 않은 의사 선생님이 계셔서 2~3년은 기다려야 예약이 가능하다는 말에 넋이 나갔다. 개인 병원을 빨리 수소문했다.

첫날 검사를 하면서 마음이 무거웠다. 원장님과 상담 후 앞으로 검사 진행을 알려주셨다. 아이 또한 눈치를 보니 안쓰러웠다. 상담을 통해 아이가 마음도 언어도 나아지길 간절히 바랐다.

담임 선생님 말로는 쉬는 시간과 점심시간에 가장 힘들어한다고 했다. 점심때 복통이라고 하고 밥도 안 먹고, 엄마 교실에 오는 모습이 안쓰러웠다. 시간이 해결해 준다고 좀 더 기다려 보는 수밖에 없는 현실이 괴롭지만, 아이도 엄마인 나도 견뎌야 한다.

두 번째 검사는 그동안 문제가 된 언어였다. 그동안 알고는 있지만 인정하고 싶지 않았던 "난독" 검사였다. 이 검사는 어떤 기관에서 하던 수치상으로 떨어지는 결과라 정확하다고 했다. 전문가 의견이 갈릴 가능성이 없다고 정확하다고 봐야 한다고 했다.

추석 전에 결과를 알고 싶어서 급히 진행하였다. 결과는 나와봐야 알겠지만 예상대로 나올 것 같아서 두려웠다. 마음을 비워야 하지만 막상 닥치니 어려웠다.

세 번째 검사까지 풀 배터리 검사였다. 마치고서는 아이와 난 둘 다 지쳤다. 많은 지문을 3시간 넘게 하려니 육체적으로 정신적으로 지쳐서 검사 끝나고 멍했다. 이젠 결과를 기다리면 된다. 결과를 보고 앞으로의 치료 계획을 세워야 한다. 검사 끝나고 "태성아, 힘들지?" 했더니 아이가 "응, 머리가 너무 아파."라고 했다. 내가 아이에게 힘들다고 표현하면 아이도 지치기 때문에 질문을 먼저 했다.

정신적으로 힘들어서 아무 생각도 안 하고 싶지만, 그렇다고 손 놓고 있을 수 없는 상황이다. 우선 부모로서 내가 해줄 수 있는 건 해줘야겠다고 생각했다.

앞으로가 중요하다. 아이와 내가 얼마나 잘 호흡을 맞춰 이 시기를 극복할지가 남은 과제이다. 다른 사람에게 들켜버린 모든 일이 나 자신을 힘들게 했다. 자격지심일 수 있는데 마음 깊숙이 고통이었다. 왜 좀 더 빨리 인정하고 아이에게 필요한 지원을 하지 못했던 것인지…. 여기에 생각이 미치자 마음이 힘들었다. 하지만 나중에 아이가 더 큰 후에 알았다면 더 힘들었을 거라 생각하고, 시간이 지나 사춘기 때에 알았다면 더 고치기 힘들거라 위안을 삼으면서 하루하루 나아지리라 긍정적으로 생각하려고 노력 중이다.

가까운 박물관이나 역사 탐방 등, 아이가 보고 만지고 느낄 수 있는 경험을 시간이 더 지나기 전에 많이 할 수 있도록 해야겠다. 나도 열심히 공부를 해야 한다. 아이의 발음을 잡아주기 위해 유튜브도 찾아서 연습하고, 아이와 센터에서 배운 내용이 놀이처럼 자연스럽게 나올 수 있도록 도와주어야 한다. 계속 센터 선생님과 상담을 통해 부족한 부분을 찾아주어야겠다. 착한 마음씨를 가진 태성이를 위해서 말이다. 아무리 힘들어도 아침마다 '엄마 화이팅'이라고 해주는 너를 보면서 엄마는 행복하고 용기와 힘을 얻는단다. 너에게 받은 용기와 힘을 엄마도 너에게도 줄게. 나의 사랑하는 보물 1호 태성아! 사랑해!

응원을 통해 용기를 내본다

오태성

매일 아침 일어나기가 너무 힘들다. 그래도 지각하지 않고 학교에 간다. 하지만 학교에 가면 긴장하게 되고 수업을 하다 보면 스트레스를 받는다. 학교가 끝나면 학원으로 간다. 내가 좋아하는 수학과 내가 싫어하는 영어 공부를 하고, 할머니 댁에 가서 저녁을 먹는다. 8월 말부터 일주일에 세 번 태권도를 가는데 그곳에서 요즘 합기도를 배우고 있다. 합기도 가면 중학생 형들이 있는데 내가 막내다. 원래는 막내를 졸업하기 위해서는 1년이 있어야 새로운 동생이 들어오는데, 나는 운이 좋아서 한 달 만에 막내 딱지를 졸업했다. 합기도에서 운동하고 나면 기분이 너무 좋다. 힘든 기술도 하지만 내가 하지 못해 본 동작들을 배워서 재미있다. 합기도 외에도 도장에서 축구, 피구도 한다. 친구나 동생들하고 같이 하는 수업과는 다르게 형들이랑 수업해서 더욱 즐겁다. 두 시간 정도 운동하고 집에 오면 피곤해서 샤워하고 바로 눕는다. 이때부터 나는 잘 때까지 유튜브를 보고 장난감을 가지고 논다. 아직도 나는 장난감이 좋다. 집에 장난감이 많아서 동생들을 줘도 아직도 많아서 아빠가 장난감 그만 사라고 금지령을 내렸다. 그래도 나한테는 이 시간이 꿀만 같은 자유 시간이다.

10시 반쯤부터 잠을 자기 위해 이불 정리를 한다. 눕기 전에 드림캐쳐에 소원을 말하고 잔다. 그러면 무서운 꿈을 덜 꾼다. 예전에 엄마랑 같이 드림캐쳐를 만들러 가서 직접 만든 드림캐쳐라 의미가 더 있다. 드림캐쳐를 만든 이유는 좋은 일만 준다고 해서 만들었다. 그때는 만들기 힘들었지만, 만들고 기분이 좋았다. 그 뒤로 매일 밤 드림캐쳐 앞에서 무서운 꿈을 꾸지 않게 해달라고 말하고 잔다.

어릴 때 드림캐쳐 뿐만 아니라 엄마랑 주말마다 비누, 꽃꽂이 등 만들러 다녔다. 만들 때는 힘든데 만들고 나면 뿌듯하다. 크리스마스 때가 다가오면 크리스마스 리스나 트리를 만들러 다니곤 했다. 만드는 과정은 힘들지만 보람은 있었다.

한번은 비누 만들기를 갔는데 내가 엄마보다 잘 만들어서 칭찬을 받았다. 엄마보다 손재주가 있고 집중력도 높고, 끈기도 있다고 했다. 끝까지 만들어서 할머니에게 선물로 드렸다.

자기 전 꼭 엄마랑 이야기를 한다. 그때가 가장 즐겁고 재미있다. 엄마가 피곤하다고 할 때는 그냥 자기도 한다. 그래도 난 엄마랑 이야기할 때가 가장 좋다.

내가 모르는 숙제를 어떻게 발표할지, 또는 그날 있었던 일을 이야기하고 엄마랑 상의하고 잔다.

엄마는 내가 가장 사랑하는 분이다. 엄마랑 이야기를 하다 보면 고민도 해결되고 좋다. 엄마는 간혹 힘들다고 하시는데 그래도 난 엄마가 좋다.

올해 7월 외할머니와 우리 가족, 삼촌이랑 양평에 놀러 갔었다. 한옥집인데 경치가 아름답고 깨끗해서 좋았다. 특히 외할머니가 사랑하는 찜질방이 있어서 할머니는 그곳부터 가셨다. 할머니는 주말에도 찜질방에 매주 가신다. 나는 더워서 싫은데 할머니가 들어가지고 하셔서 억지로 들어갔다가 나와서 얼음방으로 피신했다. 삼촌도 안 들어가고 구운 달걀과 식혜를 먹으면서 놀고 있었다. 엄마랑 아빠도 찜질방에 왔다 갔다 하시면서 얼음방으로 오셨다. 그곳에서 놀다가 저녁을 먹으러 갔다. 고기 무한 리필인데 많이 먹었다. 비는

왔지만 그래서 더욱 경치가 좋았다. 밥을 먹는 곳에 ○○○ 두꺼비 모양이 있는데 재미있고 신기해서 아빠랑 사진도 찍었다. 옆에 가평에서는 물난리가 났다고 하던데 다행히 무사히 다음날 집에 올 수 있었다. 모처럼 할머니와 같이 놀러 가서 좋았다. 1년에 한 번은 꼭 가자고 약속했다. 친가에서는 2년 전부터 3월만 되면 할머니 할아버지, 고모네 식구들과 같이 생신 파티겸 놀러를 갔다. 가서 다양한 고기도 먹고 생신축하 파티도 했다. 동생들과 물놀이도 하고 바다 위에 레일을 타고 내려오는 것도 했다. 처음에는 무서웠지만 해 보니 즐거웠다.

5살 때 제주도를 간 적이 있다고 하는데 그때는 비행기 탄 기억이 없어서 이젠 컸으니 비행기 타고 놀러 가고 싶다고 엄마한테 말했다.

나도 하늘 위에서 구름을 보고 싶다. 사진만 봤는데 어릴 때라 기억이 나지 않는다. 몇 년 안에 우리 가족끼리 비행기 타고 여행을 가고 싶다. 비행기 안에서 예쁜 구름사진을 찍고 싶다.

하늘을 나는 기분을 느끼고 싶다. 단, 안전한 비행기로 타고 싶다. 엄마가 분명 안전한 비행기로 태워주신다고 했으니 여행을 즐기고 싶다.

주말에는 아빠랑 나가서 배드민턴도 치고 야구 치는 곳에 가서 야구를 하고 싶다. 초등학교 4학년부터 야구를 했는데 홈런을 치면 기분이 날아갈 듯 좋다. 올해 7월까지 야구를 다니고 지금은 합기도를 한다. 학교에서 야구 경기를 가끔 하는데 그때마다 나는 잘하는 친구 중에 하나로 뽑힌다. 다른 종목은 못 하는데 유일하게 잘한다. 5학년 때 야구 경기할 때 엄마가 운동장을 지나가다가 공을 잘 치는 모습을 보고 큰소리로 "오태성 달려."라고 응원하셨다고 한다. 엄마도 기분이 좋으셔서 잘했다고 칭찬해 주셨다.

8월 말부터 합기도를 배우는데 형들과 함께 배우니 몸은 힘들어도 즐겁다. 부상은 있지만 그래도 좋다. 동생들하고만 놀다 형들과 노니 기분이 다르다. 아파도 계속 가고 싶고 즐겁다. 관장님이 7살 때부터 챙겨주어서 앞으로도 계속 운동을 할 것 같다. 나에게 맞는 운동이 추가된 것 같다. 그러나 엄마는 걱정이 많다. 운동을 할 때마다 다쳐서 정형외과를 자주 다니기 때문이다. 정형외과에 가면 의사 선생님이 또

다쳤냐고 웃으신다. 엄마는 그럴 때마다 한숨을 쉬신다. 다치고 싶어서 다친 게 아닌데 속상하다.

합기도를 하면 "나도 할 수 있다."라는 느낌이 들었다. 기술을 할 때는 기분이 시원해졌다. 이 운동을 통해 사회성도 배우고, 참을성도 배울 수 있다. 운동을 하면 할수록 자신감이 생긴다. 엄마도 응원해 주고 있다. 응원을 통해 힘을 내고 있다.

나를 응원해 주는 가족들을 위해 계속 잘 하는걸 하나씩 차곡차곡 만들어 가겠다. 나의 달라진 모습을 보여주기 위해 용기를 내겠다. 무서워 하지 말고 걱정하지 않고 앞으로 걸어가는 멋진 나의 모습을 기대해 본다.

미안함은 잠시 접어두고

안지언

은유 작가는 저서 『싸울 때마다 투명해진다』에서 "밥에 묶인 삶. 늘 떠남의 욕망에 시달린다. 먼 곳에 대한 그리움이 바다 되어 출렁이고 마음만은 지금 물가를 거닌다." 했다.

밥에 묶인다는 말은 엄마로서 매일 가족의 끼니를 챙겨야 하는 현실에 갇혀 있다는 의미인 것 같다. 자신의 삶을 찾고 싶은 간절한 소망이 떠남의 욕구로 표현된 것이 아닐까?

매일 가족의 끼니를 챙기는 일은 부담이자 풀기 어려운 숙제로 다가왔다. '오늘은 또 무슨 반찬을 해야 할까?' 하는 고민부터 시작된다. 힘들게 차린 밥상은 한 끼만 먹어도 물린다. 남은 음식을 버릴 때면 환경에 대한 죄책감도 지울 수 없었다.

장을 보고, 재료를 씻고 다듬고, 조리하는 데 소모되는 귀한 시간을 나에게 돌려주고 싶다. 가족의 건강도 놓치지 않으면서도, 식사 준비의 무게를 덜어내 나만의 시간을 확보할 수 있는 현명한 방법을 찾고 있다.

먹는 것만큼은 누구보다 진심이다. 전국을 찾아다니면서까지 맛을 음미하는 미식가는 아니다. 그럴 여유도 시간도 없어 그저 한 끼를 제대로 해결하는 것이 중요했다.

신혼여행에서 돌아와 냉장고를 열어보니 상황이 달라져 있었다. 시댁과 친정에서 정성스레 보내주신 가지런한 반찬 통들이 나를 반겼다. 무언가를 해야 하는 부담감에서 완전히 벗어나자, 냉장고를 바라보는 것만으로 흐뭇했다. 그릇에 담기만 하면 끼니에 대한 모든 고민은 끝이었기 때문이다.

남편은 시골 밥상을 선호하는 식성이라, 된장과 김치만 있으면 만사 해결이었다. 덕분에 더 이상 식사 고민을 할 필요가 없을 줄 알았다. 남편은 나와 식성이 정반대였다. 여러 종류의 반찬을 챙겨주고 싶은 마음에 푸짐한 한 상 차려 대접했다.

남편이 갑자기 음식을 많이 차리지 말라는 거다. 소화가 잘 안된다며 식탁 의자에서 바로 일어섰다. '왜 진작 말하지 않았느냐고.' 따져 물었다. 자신도 내 눈치를 살폈다고 했다.

그 뒤로 반찬 가짓수를 확 줄여 김치찌개에 된장 위주로 상을 차렸다. 이렇게 어려운 숙제가 해결되나 싶었는데 다른 숙제가 기다리고 있었다. 힘들었지만 정성껏 차리려고 노력했다.

나는 음식을 먹는 건 좋아했지만, 요리를 배울 생각은 전혀 없었다. 친정엄마는 옆에 따라다니시며 가르쳐 주려고 하셨지만 배우고자 하는 마음 자체가 없었다. '시간 있을 때 배워 놓아야 나중에 힘들지 않을 텐데.'라며 안타까워하셨다.

요즘 반찬 가게에 가면 종류별로 맛있는 반찬 사다 먹으면 되는데, 시간 낭비, 돈 낭비야. 엄마는 '그래도 네가 할 줄 알고 사 먹는 거랑은 분명 차이가 있을 거야.' 엄마 말씀이 옳았다.

아이가 태어나자. 요리를 못 한다는 사실이 스트레스로 다가왔다. 그래도 명색이 엄마인데 집밥을 먹여야 한다는 생각에 두 손 무겁게 사 온 식재료들을 식탁 위에 펼쳤다. 마음은 든든해졌지만 어디서부터 손을 대야 할지 몰라 싱크대 앞에서 멍했다.

결국 요리책도 사고 계량 저울까지 장만했다. 책에서 알려
준 대로 무게를 재고, 조리법의 순서를 놓치지 않으려 신경
을 썼다. 한 가지 음식을 만드는데 두 시간은 기본이었다.

그렇게 힘들게 만들고 나면 맛은 맛대로 없었다. 아이에게
먹여 보았지만 아이는 한 숟가락 떠먹고는 숟가락을 놓아버
리는 거다.

'그렇게 맛이 없니?', '엄마 입에는 맛만 좋아.', '엄마 여기
표고버섯 넣었지? 나 안 먹어.', '내가 제일 싫어하는 게 버섯
이란 말이야.', '된장국은 왜 이렇게 또 싱거워. 여기에 청국
장 가루 넣었지?'

시간과 정성 쏟아 차려낸 음식이었건만, 돌아온 것은 냉정
한 '아니올시다.'라는 평가와 음식 찌꺼기와 늘어난 나의 체
중뿐이었다.

엄마 오늘 사무실에서 늦는다. 저녁은 배달 음식 시켜줄
게. '돼지국밥 곱빼기로 시켜줘.' 물 만난 고기처럼 좋아서 어
쩔 줄 몰라 한다. 이럴 때면 야속하다. 엄마가 해주는 밥보
다, 시켜 먹는 배달 음식을 더 즐겨 찾는다. 마음만은 삼시세
끼를 챙겨주고 싶었다. 아이는 마음마저 몰라주는 것 같았

 잔소리하는 엄마, 투덜대는 아이

다. 순간 엄마의 정성도 필요치 않았다. 돈이 해결해 주었다. 잠깐의 미안함이 편안한 마음으로 이끌었다.

이 속에서 빠져나오니 운동하는 시간을 마련할 수 있었다. 저녁을 차리는 시간이 남으면서 아이와 저녁 산책의 시간이 확보되었다.

아이는 자전거를 타고 나는 옆에서 뛰었다. 혜승이는 자전거 타는 걸 좋아한다. 그런데도 혼자 자전거를 타지 못하도록 했었다. 갑자기 튀어나오는 차량으로 일어날 수 있는 사고가 걱정되었기 때문이다. 엄마와 함께라면 탈 수 있다고만 알려주었다.

자전거에 걸어놓은 자물쇠를 열면서 연신 신난다면서 소리를 질렀다. '아싸! 신난다. 오래 탈 거야.' 무언가를 구속하고 있었던 게 분명했다.

얼마나 타고 싶었던 걸까? 자전거를 타는 동안, 묻지도 않았는데 아이가 하루 일정을 줄줄 늘어놓는 모습에서 다른 면모를 발견했다. 평소 집에서는 묻는 말에만 단답형으로 대답하던 아이가 수다쟁이가 되는 거다. 덕분에 쫑알대는 아이와 함께 시간을 보낼 수 있게 되었다.

아이와 함께 땀을 흘리고 돌아오는 길. 햄버거집에 들러 야식을 먹으며 우리만의 또 다른 이야기가 쌓였다. '운동 후 돌아오는 길에 먹는 햄버거 맛은 잊지 못할 거야.' 아이가 웃음을 지어 보였다.

밥을 제대로 챙겨주지 못했던 미안한 마음은 내려놓았다. 아이와 마음을 연결하는 소통을 하기로 했다. 첫째는 아이와 운동하며 함께하는 시간을 확보하는 것이다. 사춘기를 지나는 아이와 함께할 수 있는 유일한 시간임이 분명하기 때문이다. 이 시간을 잡고 싶다. 둘째는 좋아하는 음식과 싫어하는 음식을 파악하는 일이다. 사람과의 정은 음식을 통해서도 이루어진다고 했다. 몸에 좋은 음식보다 아이가 좋은 음식에 치중해서 챙기려 한다. 몸에 좋지 않다는 음식도 웃으면서 맛있게 먹으면 건강한 음식이 될 거라 믿는다. 셋째는 나와 가족의 건강을 챙기면서 운동 후 서로 안아주는 시간을 갖는 것이다. 신체접촉은 그날의 스트레스나 긴장을 해소하는 데 도움이 된다고 한다. 모든 노력은 '나는 너를 사랑하고 지지한다.' 마음의 표현이다.

미안함은 잠시 접어두고 마음이 머물던 자리에 아이와 함께하는 시간을 채우기로 했다.

다정한 말로 만드는 예쁜 관계

정진욱

학교에 가는 날, 엄마는 등교 불과 20분 전인 7시 50분에 나를 깨워주신다. 피곤해서 도무지 자리에서 일어날 수가 없었다. 엄마가 일부러 늦게 깨운다고 생각해 매번 짜증이 난다. 빨리 학교에 가야 하는 나의 절박한 마음과 달리, 엄마는 천천히 학교에 보내려는 여유로운 생각을 가진 듯했다. 그럴 때마다 나는 엄마에게 투정 부렸다. "엄마, 왜 이렇게 늦게 깨웠어?"라고 따지면, 엄마가 화를 낼 때 나 역시 순간적으로 감정을 주체하지 못하고 맞서 화를 낼 때가 많았다. 이렇게 하루를 시작하는 것이 서로에게 좋을 리 없었다.

그러고 나면 곧바로 후회가 밀려온다. 한편으로는 엄마의 마음을 헤아리지 못했다.

처음으로 영어학원에 갔다. 단호한 선생님을 만났다. 영어를 너무 못해 기본부터 가르쳐 주셨다. 무서울 때는 무서운 분이었다. "오늘은 좀 빨리 가고 싶어요."라고 조심스럽게 말씀을 드렸다. 돌아오는 답은 매우 차가웠다.

오늘 배울 분량을 끝내지 못하면 다음 학원 갈 시간이 되어도 절대 보내줄 수 없다는 원칙이었다.

내가 예상했던 대답과는 달라 순간 눈물이 났다. '괜히 엄마 말 따라서 영어학원을 왜 다녔을까?' 싶을 정도로 다니기가 싫었다.

그렇다고 선생님이 화를 잘 내시는 분은 아니다. 공부하기 싫은 마음에 투정을 부리고, 일부러 어려운 문제만 물어보며 선생님의 인내심을 시험하곤 했다. 특히 진도가 남들보다 늦다 보니 숙제를 거의 한 시간 반 분량으로 내주시는데, 숙제가 많다고 따지다가 혼나는 날도 있었다.

물론 언성을 높이시는 선생님께도 일정 부분 잘못이 있다고 본다. 나 또한 선생님이 최선을 다해 가르쳐 주시는데도, 단지 하기 싫다는 이유만으로 모든 잘못을 선생님 탓으로 돌렸다. 버릇없게 행동하면서 수업의 흐름과 분위기를 흐렸다.

 잔소리하는 엄마, 투덜대는 아이

엄마와는 대부분의 일상을 이야기한다. 요즘 공부와 관련 대화를 주로 나눈다. 나름대로 최선을 다하고 있지만 성적은 바닥을 치고 있고, 등 뒤로는 여자아이들의 뒷담화 소리까지 들려온다. 선생님께 모든 상황을 털어놓고 도움을 구하고 싶었지만, 끝내 용기를 내지 못했다. 엄마가 퇴근하기 전에는 하려던 말이 잘 떠오르지 않아 망설일 때가 많았는데, 막상 엄마와 마주하면 이야기가 술술 풀려나왔다. 내가 기댈 곳은 엄마뿐이었다. 내 이야기를 들은 엄마는 담임선생님께 대신 말씀드려 주겠다며 나를 다독이셨다. 여전히 마음 한구석은 무거웠다. 요즘은 힘든 일이 겹쳐서인지 기쁜 날보다 슬픈 날이 훨씬 더 많은 듯하다.

마음이 가라앉는 날에는 자전거를 타며 기분을 달랬다. 공기는 상쾌했지만, 마음속 깊은 고민은 누군가에게 꺼내놓기가 쉽지 않았다.

엄마와 함께 운동하고 카페에 가고, 밥을 먹으며 많은 대화를 나누는 과정에서 중요한 사실을 알았다. 사람들과 소통하는 법을 익히면, 나를 뒷담화하는 아이들에게도 말로써 충분히 맞설 수 있다는 확신이 생겼다. 그 덕분에 아이들의 문제를 선생님께 말씀드리기로 마음먹었지만, 막상 실행에 옮기러니 용기가 나지 않았다. 결국 4교시가 끝날 때까지 입을 떼지 못했다. 점심시간 축구를 하고 교실에 돌아온 뒤에야 선생님이 부르셨다. 아마도 엄마가 선생님께 말씀드린 모양이었다. 선생님은 여자아이들을 먼저 불러 대화를 나누셨다. 뒤이어 내가 선생님과 대화를 나누게 되었다. 여자아이들이 나를 뒷담화했던 이유는 '혼잣말하는 것'과 '쉬는 시간에 보드게임을 할 때 야구 노래를 불렀다는 것' 때문이었다고 했다. 나는 오해가 될 만한 행동을 앞으로 조심하겠다고 약속했고, 여자아이들은 더 이상 뒷담화하지 않기로 약속했다. 상황은 마무리되었다. 무겁게 짓누르던 고민이 대화를 통해 가벼워진 순간이었다.

나와 함께 야구 경기를 하는 친구 중 유독 욕을 많이 사용하는 친구가 있다. 우리 야구 모임은 5~6명으로 인원이 많아 좋지만, 한 친구는 남 탓이 심하고 본인이 끝까지 잘못을 인정하지 않고 우기는 경향이 있다. 사소한 실수에도 무시는 기본이며, 사과를 건네도 30분 가까이 대답이 없었다.

친구를 제외한 나머지 네 명 정도는 성격이 온순한 편이다. 처음에는 친구와 일부러 친하게 지내지 않았다. 그때는

 잔소리하는 엄마, 투덜대는 아이

친구가 야구 자체를 좋아하지 않을 때였기 때문이다. 그런데 다른 친구가 "야구가 재미있다"고 권유했다. 처음에는 믿지 않던 친구가 5월부터 야구를 좋아하기 시작했다.

처음에는 "네가 그러려니 한다." 생각했지만, 야구를 좋아하기 시작하면서부터 욕설의 빈도도 함께 늘어나는 것이었다.

나의 일상에 가득했던 잔소리와 불호령, 그리고 친구들의 거친 구박은 나를 지치게 만드는 벽이었다. 그 벽 앞에서 앞이 보이지 않는 느낌이었다. 때로는 나를 향했던 비수 같은 말들을 되돌려주고 싶었다.

하지만 엄마와의 솔직한 대화와 심리적 안정을 찾는 과정이 중요했다. 사람과의 관계 속에 억압적인 '싸움'이나 '경쟁'으로 만들지 않고, 다정한 말과 진심 어린 소통으로 얼마나 예쁘게 가꿀 수 있는지 말이다. 선생님과의 갈등 끝에 느꼈던 감사함, 엄마에게 결국 속마음을 털어놓으며 얻은 위안, 그리고 뒷담화를 멈추기로 약속한 친구들과의 화해는 모두 마음의 문을 열고 건넨 말 한마디에서 시작되었다.

거친 말들이 남긴 마음의 상처를 회복하는 과정 속 나는 이제 새로운 관계 방식을 다짐했다. 더 이상 나 자신을 구박하거나 자책하는 말로 몰아세우지 않고, 따뜻하고 다정한 말을 건네려 한다.

긍정적이고 따뜻한 언어는 부정적인 언어로부터 단단한 울타리가 되어줄 것이다. 나에게 먼저 예의를 갖추고 다정하게 해주는 노력을 통해 나 자신과의 관계부터 소중한 타인과의 관계까지 아름답게 굳건하게 만들어 나갈 것이다. 상처를 주는 말이 아닌 따뜻한 위로와 든든한 지지를 전하려 한다.

초록색 엄마가 되어줄게

나진희

　스무 살이 넘어서 책 읽는 재미에 빠졌다. 특히, 데일 카네기의 『인간관계론』을 비롯한 여러 가지 자기 계발서를 읽고 사회생활에 적응하며 삶의 방향을 찾아갔다. 책을 읽고 도움을 받은 경험이 있다 보니 아이들도 책과 가까이하도록 키우고 싶었다. 하지만 주호는 '전자기기 사용 설명서' 외에는 종이에 적힌 글씨에는 관심이 없는 편이었다. 어느 교육전문가가 아이들이 심심해야 책을 읽는다고 했다. 거실에서 TV를 치우고 모바일 기기도 시간을 제한했다. 집은 고요하고 적막한데 주호의 눈빛은 반짝거렸다. 심심하다고 책을 읽는 아이가 아니었다. 언제 샀는지 기억도 안 나는 장난감을 찾아와서는 신나게 놀았다.

책과 친해지기를 바라는 마음에서 가끔 주호와 도서관 나들이를 계획했다. 도서관에 가기 위해서는 단계적 전략이 필요했다. 주말이 되기 며칠 전 아이와 약속을 잡았다. 약속보다는 부탁에 가깝다. "주호야. 엄마가 도서관에 읽고 싶은 책이 있어서 도서관 가려고 해. 일요일 아침에 갈 거야. 같이 가줄 수 있어? 주호가 같이 가주면 엄마가 너무 행복할 거 같아." 아이가 잠시 머뭇거리다가 대답했다. "응. 뭐. 엄마가 행복하다면 내가 같이 가줄게." 마지못해 허락하는 것처럼 거드름을 피우며 제법 뿌듯한 표정을 지었다.

봄바람이 부는 일요일 아침이었다. 도서관에 있다가 출출하면 먹으려고 주먹밥, 컵라면, 과일을 준비했다. 가볍게 피부 정리만 하고 청바지, 회색 맨투맨 티셔츠를 입고 집을 나섰다. 차를 타고 도서관으로 출발했다. 도서관 데이트가 몹시 행복한 척 말했다. "주호가 같이 가주니까 엄마가 너무 행복해. 이런 아들은 없을 거야." 함께 차를 타고 가는 동안 도서관에 대해 좋은 느낌이 들도록 이런저런 말을 해주었다. 도서관은 언제든지 열려있어서 자유롭게 드나들 수 있는 공간이다. 추운 날은 따뜻하게 보낼 수 있고 더운 날은 시원하게 보낼 수 있다. 용돈이 없는 날에도 들어갈 수 있고 자유롭게 여러 가지 책들을 읽을 수 있다. 아이가 도서관과 책을 가까이할 수 있다면 이 정도 노력은 얼마든지 할 수 있었다.

도서관에 도착하면 반은 성공이었다. 아동도서 코너에서 아이가 앉을 자리를 구했다. 엄마가 책을 찾는 동안 함께 다닐지, 아니면 재미있는 그림책이나 학습만화를 보고 있을지 물어봤다. 혼자서 책을 읽겠다고 하는 날은 20분 정도 있다가 엄마가 이 자리로 올 거라고 말해 주고 안심시켰다. 책은 주호가 선택할 수 있게 해주었다. 나는 성인 도서 코너에 가서 평소 관심 있던 책 하나를 골라서 조용히 아이 근처로 가서 지켜봤다. 아이가 책에 집중하고 있으면 집중력이 떨어질 때까지 한 걸음 뒤에서 조용히 기다렸다. 아이가 여기저기 돌아다니면 코코아 한 잔 뽑아 먹자고 잠시 도서관 밖으로 데리고 나갔다.

도서관 앞 벤치 옆에는 커피 자판기가 있다. 어릴 적 구멍가게 앞이나 버스정류장에서 흔히 보던 커피 자판기다. 아이는 자판기에서 코코아를 뽑고 싶어 신이 났다. 동전을 차례차례 넣고 따뜻한 코코아가 가득 담긴 종이컵을 조심히 꺼내서 후후 불어 마시기 시작했다. 코코아를 마시는 동안 기분 좋은 말들을 계속해 주었다. "주호가 함께 와서 엄마가 너무 행복해.", "아까 책 읽는 모습을 봤는데 기특했어.", "도서 검색대에 있을 때 보니 타자도 잘 치고 필요한 책도 잘 찾더라." 이어서 도서관에서 보내는 시간을 벌어보았다. "엄마가 책을 더 찾아봐야 해서 시간이 조금 필요해." 기분이 거슬릴 게 없는 아이는 엄마의 제안을 흔쾌히 허락했다. 도서관에 있는 시간이 길어졌지만, 주호의 표정은 밝았다.

30분 정도 지난 후 싸갔던 도시락을 먹고 도서관을 나왔다. 마음에 드는 책을 몇 권 빌려 나오면서 엄마와 함께해 줘서 고맙다고 말했다. 다음에도 도서관에 같이 와줄 수 있냐고 물었다. 당연히 함께 온다는 대답을 바랐지만 "그때는 상황을 보고 시간이 되면 같이 와줄게."라고 했다. 기대했던 대답은 아니지만 완전한 부정은 아니었다. 귀여운 대답에 기분이 좋았다. 아이에게 도서관은 엄마를 행복하게 하는 공간, 자판기에서 코코아 뽑아먹는 재미있는 공간, 휴게실에서 컵라면을 먹을 수 있는 신나는 공간이었다.

    잔소리하는 엄마, 투덜대는 아이

집으로 오는 길에 신호등이 눈에 들어왔다. 주호에게 지금 엄마의 기분이 어떤 색일 거 같은지 물었다. 주호는 대답했다. "평소에는 빨간색인데, 지금은 초록색 같아." 아이는 이어서 말했다. "내가 학원 숙제를 늦게까지 안 하거나 엄마 말을 듣지 않으면 자주 화를 내잖아. 그럴 땐 빨간색이지. 그런데 지금은 착한 엄마라서 초록색이야." 왜 착한 엄마인지 물었다. "코코아도 뽑아주고 컵라면도 먹었잖아." 대답은 생각보다 단순했다. 착한 엄마가 되는 건 어렵지 않았다. 책을 읽으러 도서관에 다녀왔지만, 코코아와 컵라면이 있었다. 그리고 '고맙다. 행복하다.' 기분 좋은 말들을 여러 번 해주었다. 초록색 엄마가 되는 건 생각보다 쉬웠다.

도서관도 다녀오고 감정에 관해서도 이야기를 나눈 날이었다. 평소에 대화를 자주 하는 편이라고 생각해 왔다. 학교에서 잘 지냈는지, 급식 메뉴는 뭐였는지, 학원 과제는 어렵지 않은지 매일 물어봤었다. 돌이켜 보니 서로의 마음에 관해서는 이야기를 나눈 적이 별로 없는 것 같았다. 나는 대체로 '좋은 엄마'라고 생각했는데 주호는 '빨간색 엄마, 화난 엄마'라고 느끼고 있었다. 평소에 최대한 친절하게 말하려고 노력해 왔다. 말투는 차분했지만 말의 내용은 지적과 통제였던 것 같다. 조금 애쓰더라도 잠시 멈춰서 엄마를 따라오고 싶도록 설득하는 방법을 고민하려 한다. 아이가 '착한 엄마'라 불러 주어서 오늘도 감사하다.

내가 할 수 있는 세 가지

진주호

저녁 8시. 수학 과외가 끝났다. 집에 들어가니 엄마는 밥을 먹고 있었다. 평일에는 엄마가 퇴근하면 나는 학원에 가 있을 때가 많았다. 할머니가 차려주는 저녁을 먹고 학원을 가기 때문에 엄마와 식사할 시간이 없었다. 하루를 마치고 만난 엄마가 반가웠지만, 피곤해서 쉬고 싶었기 때문에 "다녀왔습니다." 인사만 하고 방으로 들어갔다.

스마트폰으로 'FPS 게임'을 켰다. 30분 정도 게임을 하고 씻었다. 샤워를 마치고 바로 자러 갔다. 요즘들어 핸드폰으로 영상을 보거나 게임을 하면서 혼자 보내는 시간이 좋아졌다. 그랬더니 한 번은 엄마가 물어본 적이 있다. "주호야. 오늘 무슨일 있었어?" 인사만 하고 방에 들어가 버려서 엄마가 걱정을 한 것이었다. 그래서 오해하지 않도록 다시 마음을 표현하기로 했다.

첫 번째, "엄마, 사랑해요!" 말하기이다. 엄마한테 사랑한다고 말하는 이유가 있다. 엄마가 그 말을 좋아하기 때문이다. 엄마가 좋아하는 말이나 행동을 하면 엄마와 마음이 연결된다. 엄마는 사랑한다는 말을 자주 한다. 습관처럼 나에게 사랑을 표현한다. 잠든 척하고 있으면 얼굴에 뽀뽀해 주고, 틈만 나면 '사랑해. 사랑해.' 말하면서 안아주고, 가끔 메모를 남길 때도 꼭 사랑한다는 말을 함께 적어놓는다. 엄마는 자기 전에 "사랑한다."라고 말하고 문을 닫아 주었다. 나도 엄마에게 사랑한다고 답을 했다. 엄마와 나는 매일 사랑한다고 말한다. 저녁 시간에 엄마와 함께하는 시간이 길지는 않다. 하지만 "사랑해요" 말 한마디면 더할 말이 없을 정도로 행복하다.

엄마에게 사랑을 표현하는 게 익숙하다. 말만 하는 건 아니다. 작년 겨울에 엄마가 좋아하는 크런키 초콜릿을 사준 적이 있다. 엄마가 회사에서 야근과 당직을 하고 얼굴이 피곤해 보였다. 엄마가 초콜릿을 좋아하기도 하고 초콜릿을 먹으면 피로가 풀린다는 이야기를 들은 적도 있었다. 학원에 가다가 CU 편의점에 들렀다. 마침 크런키 초콜릿의 '1+1' 행사가 있었다. 초콜릿을 구매한 다음에 엄마 화장대에 올려두었다. 엄마는 초콜릿을 보고 "이거 주호가 사다 준 거야? 감동이야. 엄마 피로가 싹 풀려."라고 했다. 11월 11일, 빼빼로 데이 때 엄마 생각이 나서 크런키 빼빼로를 사준 적도 있었다. 엄마는 고맙다고 말하면서 나를 꼭 안아주었다. 이렇듯 우리는 서로가 마음이 연결된 날들이 많다.

두 번째, 함께 책읽기를 하는 것이다. 4학년 때 엄마가 책을 읽어주는 게 좋다고 말한 적이 있다. 동화책이었다. 혼자 읽어도 재미있지만, 엄마 옆에 있고 싶어서 엄마에게 읽어달라고 한 거였다. 4학년이 지나자 엄마는 책을 읽어주지 않았다. 엄마가 책 읽어주는 걸 잊어버린 것 같다. 아니면 내가 고학년이 되어서 읽어주지 않는 것일 수도 있다. 책을 읽어주지 않아 서운했다. 지금도 엄마가 계속 책을 읽어주면 좋겠다. 책을 읽어주는 엄마 목소리를 들으면 마음이 따뜻해진다. 그리고 같은 책을 읽고 이야기를 나누면 말이 더 잘 통하는 것 같다.

엄마랑 나는 만나는 시간이 길지 않다. 엄마가 퇴근하면 저녁 6시에 잠깐 얼굴을 보고, 학원에 가야 한다. 8시 정도 집에 와서 잠깐 엄마를 마주한다. 엄마는 저녁 식사 후 주방 정리를 해야 하고, 나도 게임을 하거나 쉬어야 해서 평일에 함께 책을 읽는 것이 어렵다. 나는 매일 아침 학교에서 독서 시간이 있다. 엄마는 자기 전에 자주 책을 읽는다. 우리는 각자 책을 읽고 있지만 매일 같은 시간에 책을 읽지는 못했다. 주말이라도 시간을 내어 엄마가 책을 읽어주면 좋겠다. 엄마에게 말해서 짧게라도 책을 읽어달라고 해야겠다. 내 생각을 들으면 엄마는 매우 기뻐할 것 같다.

세 번째로 할 수 있는 건 요리하기이다. 가끔 가족들에게 요리를 해주었다. 가장 먼저 해본 것은 라면이었다. 뜨거운 물만 조심하고 라면 봉지 뒤에 있는 설명만 잘 읽으면 라면 끓이기는 쉬웠다. 형이랑 먹을 때는 달걀을 넣었고, 엄마랑 먹을 때는 파를 뺐다. 아빠랑 먹을 때는 떡국떡을 넣어서 떡 라면을 끓였다. 두 번째로 해본 건 달걀 프라이였다. 우리 가

    잔소리하는 엄마, 투덜대는 아이

족은 노른자가 터지지 않고 흰자의 테두리가 노릇하고 바싹하게 익히는 것을 좋아했다. 프라이팬에 식용유를 조금 두른 다음 달걀을 넣고 중간 불에서 천천히 2분 동안 익기를 기다리면 되었다.

최근에는 된장찌개를 끓여봤다. 엄마가 퇴근 후에 독감으로 입원한 할머니에게 들렀다가 집에 왔다. 집에 오자마자 기침이 심한 형을 데리고 동네 소아청소년과 야간진료를 다녀왔다. 엄마는 저녁을 먹지 못하고 아픈 가족을 위해서 여기저기 다니느라 바빴다. 엄마를 위해서 된장찌개를 만들기로 마음먹었다. 엄마가 된장찌개 끓이는 것을 본 적이 있어서 흉내 내어 끓여봤다. 육수 가루를 넣고 육수를 내고 찌개용 된장을 한 숟가락 풀었다. 감자 다듬는 걸 해보지 않아서 감자는 넣지 못했고 냉동실에 얼려둔 파를 한주먹 넣었다. 맛을 보니 나쁘지 않았다. 엄마가 형과 함께 집에 들어왔다. 바깥 날씨가 추워서 엄마 코가 빨갰다. 얼른 밥솥에 있던 밥을 뜨고 방금 끓인 된장찌개 한 그릇, 그리고 달걀 프라이를 해서 밥을 차려줬다. 엄마가 감동이라고 말하면서 잘 먹어서 그릇을 싹싹 비웠다. 내가 한 요리를 잘 먹어주니 뿌듯했다.

엄마가 한 요리도 잘 먹어야겠다고 마음먹었다.

　행복하기 위해서는 가족들과 화목하게 지낼 수 있어야 한다. 집에서 기분 좋은 날에는 학교에서 수업 시간에 이해도 잘 되고 단원평가도 잘 보는 거 같았다. 친구들과 놀 때도 더 많이 웃게 되고 다툼도 없었다. 화목한 가정이 되려면 가족 모두 노력해야 한다. 내가 가족들을 위해 할 수 있는 것들을 생각해 보았다. 첫 번째, '사랑'을 표현하는 것이다. 두 번째, 엄마와 상의해서 함께 책 읽는 시간을 확보할 것이다. 세 번째, 할 수 있는 요리를 해주는 것이다. 이 정도는 어렵지 않게 할 수 있어서 꾸준히 해보려고 한다. 네 번째, 다섯 번째 계속해서 찾아보아야겠다.

제4장

행복한 하루를 만드는 작은 변화들

세 아이와 함께한 시간

박지은

대학생이 된 큰딸이 초등학교 3학년 때 쓰러져 병원으로 향했던 순간이 아직도 생생하다. 단순한 열감기인 줄 알았는데, 갑자기 토하면서 정신을 잃어 응급실로 갔다. 의사 선생님은 뇌수막염이 의심된다고 했다. 등을 새우처럼 구부리고 척추뼈 사이에 바늘을 꽂아 척수액을 뽑았다. 정신을 잃은 채로 미동도 하지 않았다. 검사 결과를 기다리는 중, 아이가 잠시 눈을 떴다. 나를 보며 '아빠'라고 불렀다. 순간 멍해졌다. "아빠는 저기 있는데. 난 엄마잖아." 멍하니 초점을 잃고 나를 바라보는 아이에게 이름이 뭐냐고 물었다. 동생 이름을 말하고 다시 정신을 잃었다.

예상대로 뇌수막염 진단을 받았다. 3일간 의식이 없었다. 의사선생님은 호전되지 않으면 뇌염으로 번져 장애가 남을 수도 있다고 했다. 머릿속이 하얘졌다. '그렇게 되면 내 인생의 시간은 오롯이 아이를 위해 써야겠구나. 회사부터 그만둬야겠다.' 현실감이 느껴지지 않았지만, 상황을 바로 봐야 했다. 엄마는 그래야 된다고 마음속으로 되뇌었다. 아이는 일주일 만에 눈을 떴다. 흐릿한 목소리로 "엄마."라고 불렀다. 그 한마디에 눈물이 쏟아졌다. "알아보겠어? 내가 엄마 맞지?" 깨어나 줘서 고마웠다. 큰 후유증 없이 내 곁으로 돌아와 줘서 감사했다. 큰딸 덕분에 평범한 일상이 얼마나 소중한지 알게 되었다.

둘째가 초등학교 4학년 때 코로나가 닥쳐 학습의 공백을 겪었다. 그 시절 나는 집에서 공부방을 하고 있었다. 하루 종일 마스크를 쓰고, 한 시간마다 소독을 하며 수업했다. 학생 수는 줄었지만 일은 더 많아졌다. 중3 큰딸, 초4 둘째딸, 그리고 4살 막내. 아이 셋이 모두 집에 있었다. 큰딸은 온라인 수업을 알아서 챙겼지만, 둘째는 막내와 한 방을 썼고 공부에 집중하기는 어려웠다.

1년 뒤 학교에서 진단평가를 봤을 때 둘째는 수학에서 '미도달' 결과를 받았다. 결과지를 들고 온 둘째가 말했다. "엄마, 다른 아이들은 집에서 공부를 다 했나 봐." 공부방 학생들을 가르치느라 정작 내 아이를 돌보지 못했던 시간이 드러났다. 둘째는 자기를 챙겨주지 못했던 엄마에게 서운함을 드러냈다. "내가 엄마 딸이 아니고 엄마 학생이었으면 얼마나 좋았을까." 아이를 안아주는 것 말고는 미안함을 표시할 방법이 생각나지 않았다.

다음날 둘째딸은 과목별로 문제집을 사야겠다며 서점에 갔다. 학습 플래너를 적으며 스스로 공부하기 시작했다. 단원평가 점수는 조금씩 올랐고, 뭐든 해 보려는 적극적인 모습을 보였다. 환경 말하기 대회에 나가 1등 상을 받은 것을 시작으로 여러 가지 경험을 하고 싶어 했다. 미국 드라마를 보고 재미있다며 여러 번 보더니 영어 말하기 대회를 수차례 나가 수상을 했다. 스스로 깨닫고 노력했을 때 성과가 크다는 것을 보여주었다.

그렇게 문제를 잘 이겨낸 둘째에게도 사춘기가 왔다. 부쩍 외모를 꾸미고 옷이나 화장품에 관심이 컸다. 걱정되는 마음에 잔소리가 나왔다. 그 모습을 보던 큰딸이 말했다. "엄마, 다 지나갈 거야. 나중에는 별 관심 없어진다니까. 해 보고 싶을 때 다 해 보라고 해. 하지 말라고 하면 더 하고 싶어지니까." 사춘기를 먼저 보낸 큰딸은 어느새 어른이 되어 있었다. '맞아, 둘째의 지금도 다 지나갈 거야.' 코로나의 공백도 스스로 깨닫고 다시 일어섰던 아이였다. 믿고 잔소리를 줄이자고 다짐했다.

막내는 좋고 싫은 것이 분명하고 감정 표현을 잘하는 편이다. 어느 일요일, 잘 쓰지 않는 물건을 팔아보고 싶다며 둘째 언니에게 당근 마켓에 올려달라고 했다. 판매 물품은 포토 카드였다. "이거 팔아줘. 만 원이야." 둘째는 가격이 비싸다며 오천 원쯤이 적당할 것 같다고 말했다. 하지만 막내는 단호했다. "이건 내 거니까 내가 정할 거야." 둘째는 입던 옷을 당근 마켓에 팔아본 경험이 있었다. 잘 팔리려면 가격을 조금 낮추는 게 좋다고 설명했다. 두 아이의 생각이 쉽게 좁혀지지 않았다. 남편과 나도 만 원은 비싼 것 같다고 의견을 냈다. 막내는 가족 모두가 자기편이 아니라며 눈물을 그렁거렸다. "의견이 다를 수는 있어. 엄마 아빠는 우리의 생각을 말한 거지 누구 편을 든 건 아니었어." 다르다고 해서 혼자가 되는 건 아니라고 덧붙였다. 아무리 이야기해도 막내는 우리에게 언니 편을 든 거라며 계속 투덜댔다. 결국 막내 의견대로 중고물품에 만 원으로 올리게 되었다.

막내가 속상해하며 화를 낼 때 큰딸과 둘째를 키울 때보다 훨씬 여유롭게 받아들이는 나를 발견한다. 이런 내 모습을 본 친구에게서 "막둥이라고 다 받아줘서 버릇없어지는 거 아냐?"는 말을 듣기도 했다. 늦은 나이에 얻은 막내라 그런지 뭘 해도 귀엽게 느껴질 때가 많은 게 사실이다.

두 딸을 키워보니, 조바심내도 아이는 결국 자신의 성향대로 자기만의 속도로 자라는 것 같다. 나의 역할은 옳고 그름을 알려주고, 어떤 방향으로 가면 좋을지 가볍게 짚어주는 것이면 된다는 생각이 들었다. 서두르거나 닦달한다고 해서 엄마가 원하는 모습 그대로 아이가 성장하는 건 아니란 걸 이미 경험했기 때문에 막내에게는 좀 더 너그러워지는 것 같다.

큰딸과 둘째가 어릴 때는 일하느라 바쁘다며 놓쳤던 순간들이 있었다. 그걸 알기에 막내와는 일상의 순간들이 선물처럼 다가왔다. 국경일 휴일 때 아파트 입구에 태극기가 게양된 걸 보고 막내가 말했다. "태극기는 기쁜 날은 위에, 슬픈 날은 아래에 다는 거야. 학교에서 배웠어. 근데, 왜 그렇게 달기로 정한 거야?" 슬픈 날은 나라를 위해 돌아가신 분들을 애도한다고 낮게 달기로 약속한 거라고 말해 주었다.

"아! 알겠다. 기쁜 날은 기분이 업(up) 되니까 위로, 슬픈 날은 기분이 다운(down) 되니까 아래 다는 거구나." 막내의 대답은 아이의 눈높이에 딱 맞는 설명이었다. 그렇게 설명해 주는 아이가 제법이란 생각이 들어서 메모장에 글로 남겨 저장해 두었다. 다 자란 두 딸들도 막내 나이 때쯤 기특하고 대견했던 일들이 많았을 거다. 그때는 당연하게 생각하고 지나쳤는지 구체적으로 기억이 나지 않았다. 먼저 자란 두 딸을 키우며 놓쳤던 순간을 막내에게서는 붙잡고 싶었다.

큰딸을 통해 건강의 소중함을 배웠고, 둘째의 도전을 통해 노력과 자신감의 힘을 보았다. 그리고 막내를 통해서는 하루하루의 작은 성장이 얼마나 소중한지를 깨달았다.

나이가 들고 세 아이를 키우면서 알게 된 건 조급해 봐야, 잔소리해 봐야 결국 감정 소모만 될 뿐이라는 것이었다. 아이가 제 속도로 걸어가는 길을 곁에서 지켜봐 주고, 작은 성과에 함께 기뻐해 줄 때 아이는 내게 마음을 더 열어주었다. 어제 같은 오늘이어서 느끼지 못할 수 있다. 평범하지만 그래서 더 소중한 하루임을. 아이들의 삶 속에 내가 들어가 있는 것만으로 오늘도 빛나는 하루였다.

어리지만 나도 의견이 있어요

곽예슬

개학 후 처음 하는 방과 후 과학 실험 날이었다. 아침 등교 전에 엄마가 교실 지도를 보여주었다. 도서관을 기준으로 과학실2 교실이 어디쯤인지 설명해 주었다. 머릿속에 대충 길이 그려지는 것 같았다. 그런데 막상 수업이 끝나고 방과 후 교실을 찾아가려고 하니까 도서관을 기준으로 어느 쪽으로 가야 하는지 생각이 나지 않았다. 복도를 왔다 갔다 하다가 점점 더 헷갈리고 마음도 불안해졌다.

그때 마침 동화책 선생님이 보였다. "선생님, 과학실2 교실이 어디 있어요?" 선생님은 과학실1 교실 옆에 있을 거라고 알려주었다.

과학실1 교실도 어디 있는지 몰랐는데, 지나가던 친구가 과학실1 수업을 들으러 간다고 해서 따라갔다. 그러나 도착한 곳에 과학실2 교실은 없었다. 완전히 길을 잃었다고 생각하니 눈물이 났다.

복도를 걸어가는 선생님에게 다시 위치를 물었고, 직접 과학실2 교실까지 안내해 주었다. 교실에 들어가니 아는 친구가 보였다. 다음부터 그 친구와 함께 방과 후 수업을 다니기로 했다.

첫 과학 실험 수업은 도둑게에 대한 것이었다.

책에서 도둑게를 본 적이 있는데, 실제로 보니 생각보다 훨씬 징그러웠다. 다리가 많고 눈이 튀어나와 있어서 처음엔 뒤로 물러서서 봤다. 수업을 들으며 계속 보다 보니 조금씩 익숙해졌다. 새로운 내용을 알게 되어서 흥미롭기도 했다. 우리나라에서만 사는 게인데 나무도 오를 수 있다는 게 신기했다.

교실 찾는 길부터 힘들었던 첫 수업이 끝나고 나가려는데 선생님이 내 이름을 불렀다.

"도둑게 챙겨가세요. 엄마가 분양 신청했어요." 귀를 의심했다. 곤충이나 벌레를 싫어하는 엄마가 왜 이런 걸 신청한 건지 이해할 수가 없었다. 도둑게를 손에 들 생각을 하니 온몸이 간질거리는 것 같았다. "안 가져갈래요. 징그럽고 무서워요.” 선생님은 안 가져가도 괜찮다고 하며 통에 붙은 내 이름을 떼서 책상 위에 올려놓았다.

집에 돌아와서 엄마한테 왜 도둑게를 분양받는다고 신청했는지 물어보았다. 나에게 도둑게가 자라는 과정을 보여주고 싶었다고 했다. 그 말을 듣고 바로 말했다. “엄마, 나 키우는 것도 힘들 텐데 도둑게까지 안 키워도 돼.” 그리고 앞으로는 내 의견을 먼저 물어봐 달라고 했다. 강아지였다면 신나게 데려왔겠지만, 도둑게는 아무리 생각해도 아니었다.

며칠 뒤, 토요일 오전이었다. 텔레비전을 보고 있는데 엄마가 말했다. “1시간 봤으니까 10분만 책 읽거나 공부하자.” 텔레비전만 계속 보면 전두엽이 어떻게 된다며 설명이 길어지자 귀에 하나도 들어오지 않았다. “10분도 너무 길어. 힘들어.” 결국 짜증을 내고 말았다. 엄마의 차분한 목소리조차 그 순간에는 귀찮게 들렸다. 그래도 일단 텔레비전을 껐다. 소파에 앉았다. 텔레비전을 끄니 생각할 시간이 생겼다. 텔레비전을 보고 나면 엄마 말에 예민해지고 짜증났다. 책을 읽거나 공부를 조금 하고 나면 대화도 잘 되고 기분도 괜찮았던 것 같다. 갑자기 텔레비전이 내 머리를 조종하는 건가 하는 무서운 생각이 들었다. 파충류 뇌가 되는 건 아닐 거라고 생각하면서도 무서웠다.

그때 꿈별샘이 추천한 글이라고 하면서 엄마가 종이 한 장을 들고 왔다. 소리 내어 읽어보라고 했다.

글을 읽고 나니 마음이 좀 편해졌다. 제목은 「아이들 긍정문」이었다.

「아이들 긍정문」

나는 강인하다.

나는 내가 가진 것에 감사한다.

나는 우리 가족을 사랑한다.

나는 최선을 다한다.

나는 아름답다.

나는 스스로를 존중한다.

넘어지면 다시 일어난다.

나는 굴하지 않으니까.

나는 새로운 것을 시도한다.

나는 끈기 있게 도전한다.

실수는 배울 수 있는 기회다.

나는 똑똑하다.

이 글을 매일 아침 읽으라고 했다. 그날 이후 「아이들 긍정문」을 읽고 나면 엄마는 두 팔을 벌려 나를 안아주었다. 노래를 부르며 안아줄 때도 있는 데 노래 가사가 웃기다. ‘껴안아 주세요. 갈비뼈가 으스러지도록.’ 노래는 웃기고 너무 꽉 안아서 조금 아픈데도 기분이 참 좋았다.

텔레비전이 내 뇌를 조종하는 걸까 봐 무서워질 때 엄마는 내 마음을 편하게 해 주었다.

나도 엄마에게 뭘 할 수 있을까 생각해 보았다. 유튜브를 오래 보지 않는 것. 게임하지 않는 것. 그리고 매일 조금이라도 공부하는 것. 엄마가 좋아할 것 같은 일들을 하루에 한 개씩 해 보자고 생각했다. 다짐처럼 안 될 때가 많았지만, 그래도 매일 생각은 했다.

잠자기 전에는 엄마와 칭찬하기 대화를 한다. 서로에게 해 주는 칭찬도 있고, 나 자신을 칭찬하는 시간도 있다. 밤마다 말하는 건데, 엄마에게 전하고 싶은 마음을 글로도 쓰고 싶다. 바쁜데도 날 잘 챙겨주는 엄마, 고맙고 사랑해요. 그래도 도둑게처럼 내 의견을 묻지 않고 분양받지는 말아주세요.

함께하는 작은 행복

이현경

"여름이니 궁궐 야간개장에 가자!"

언젠가부터 우리 집 주말 풍경이 달라졌다. 서준이는 일요일에도 학원을 갔다. 예전에는 주말이면 네 식구가 함께 움직이곤 했는데, 올해 들어서 서준이는 학원에 가고, 셋이 외출하고 돌아오는 일정이 잦아졌다. 서준이가 학원에서 돌아오기 전에는 집에 와야 하니 멀리 가지는 못했다. 주로 박물관이나 도서관을 찾았다.

여름 휴가 기간에는 수원 화성으로 향했다. 일요일 점심을 먹고 출발했다. 35도 넘는 날씨라 그런지 거리는 한산했다. 뜨거운 햇볕 아래를 걸어 다닐 엄두가 나지 않아 '화성 어차' 타기로 했다. '화성 어차'는 수원화성의 관광 포인트를 순환하는 관광열차로 연무대에서 출발해 화홍문과 장안문을 거쳐 다시 연무대로 돌아오는 코스였다. 코스가 길지 않아 30분 정도에 다 돌았다. 날은 여전히 더웠고 야간에는 행궁을 가기로 했다. 실내에서 할 수 있는 일부터 했다. 6년 전에 왔을 때는 서우가 일곱 살이라 활쏘기를 체험해 보지 못했었다. 활을 쏘는 경험은 국궁 체험이라 했다. 가이드 선생님께 기본적인 활쏘기 자세를 배우고 과녁을 향해 활시위를 당겼다. 처음 해 보는 거라며 긴장했다. 힘이 부족했지만, 아빠보다 멀리 날린 화살도 있었다. 잘했다고 칭찬해 주었다. 국궁 체험장에서 나와 미술관에 갔다. 서우는 어린 시절처럼 양손에 엄마, 아빠 손을 잡고 흔들었다.

수원화성 옆 화성행궁은 야간 입장이 예쁘다고 했다. 저녁 시간에 맞춰 움직였다. 입장하기 전에 수원 통닭 거리에 들러 닭을 먹었다. 6년 전에 왔을 때와 비슷한 맛이었다. 해가 저물자 화성행궁의 불빛이 하나둘 켜졌다. 여름밤 공기가 따뜻해 산책하기 좋았다. 어스름이 지는 모습을 보며 전통 놀이를 했다. 딱지치기, 굴렁쇠, 사방치기, 오징어 게임 등 즐길 게 많았다. 봉수당에서는 미디어아트가 펼쳐졌고, 스마트폰에 영상을 담았다.

아이들이 자라면서 가족의 모습이 달라지는 건 자연스러

운 일이다. 작년까지만 해도 일요일 저녁이면 가족이 모여 저녁 먹고, 보드게임을 하거나 책을 읽으며 거실에서 휴식을 취했다. 하지만 올해 들어 서준이는 바빠졌고, 나 역시 생각 글방 브랜드를 만들고 수업 교재를 만드는 일로 분주해졌다. 서우 또한 6학년이 되면서 친구랑 보내는 시간이 많아졌다. 예전 같지 않아 아쉽지만, 가족의 모습도 상황에 따라 변화하는 법이니 받아들여야 한다고 생각했다.

아이들이 자라는 만큼 부모도 변화하고 가족 모습도 달라진다. 예전처럼 네 명이 거실 소파에 옹기종기 모여 앉는 시간은 거의 없다. 각자의 방에서 저마다의 시간을 보내는 모습이 익숙해졌다. 서준이는 학원에 가고 서우는 친구를 만나러 나간다. 나는 노트북을 켜고 일을 한다. 내년이 되면 또 다른 모습일 수 있다. 함께 모일 때도, 따로따로의 시간이 필요할 때도 있을 거다. 각자 맡은 자리에서 최선을 다하고 있다고 생각한다.

서우는 아직 초등학생이니 최대한 함께하는 시간을 만들었다. 시간을 내어 멀리 나가진 못하더라도 집에서 소소한 걸 함께 하기로 했다. 첫 번째는 요리였다. 제과제빵 자격증이 있지만 정작 집에서는 빵을 만들어주지 못했다. 나중에 시간 되면 해야지 미루다가 자격증을 딴 지 벌써 11년이 지났다. 친구들이 쿠키, 머랭 쿠키, 마카롱, 티라미수 케이크까지 만든다는 이야기를 듣고, 서우도 하고 싶다 하였다. "엄마, 친구들은 다 만들어 먹는데 나도 해 보고 싶어요." 그래서 휘핑기를 주문했다. 파우더 가루, 제과용 밀가루, 장식용 펜 등도 준비했다. 재료가 도착하자 서우가 부엌으로 달려왔다. 쉬운 초코 쿠키부터 도전했다. 밀가루로 반죽을 치대고 초콜릿 칩과 반죽을 합쳐 쿠키 모양을 만들었다. 다음에는 수건 케이크와 머랭 쿠키를 도전했다. 가게에서 파는 맛은 나지 않았지만 만들어 놓고 한참 먹었다. 사진 찍어 주위 사람들에게 자랑했다.

두 번째 함께 해 본 건 드라마 보기였다. 원래 나는 텔레비전을 거의 보지 않는다. 유튜브도 잘 보지 않는 편이다. 한 번 보기 시작하면 계속 봐야 하는데, 영상보다는 책이 좋고, 눈으로 보는 것보다 집중해서 뭔가를 하는 걸 더 좋아하기 때문이다. "엄마, 친구들이 드라마 얘기할 때 나만 모르겠어요. 나도 보고 싶어요." 친구들이 드라마를 자주 봐서 배우 이름을 잘 안다며 서우도 보고 싶다 했다. 같이 볼 수 있는 드라마를 찾아보며 보기로 했다. 서우가 〈오징어 게임〉을 제안했다. 나이 제한이 걸렸으나 잔인하거나 선정적인 부분은 건너뛰기로 하고 함께 봤다. 4~5년 전 〈태종 이방원〉 역사 드라마를 한 번 본 적이 있다. 역사 내용이라 도움 될 것 같아 아이들과 봤었다. 〈태종 이방원〉 이후 드라마 정주행은 오랜만이었다. 드라마 자체가 마음에 드는 건 아니었지만, 소파에 나란히 앉아서 팝콘이나 과자를 먹으며 드라마를 보니 좋았다. 다음 드라마로는 〈미스터 선샤인〉을 골랐다. 시대극이라 역사 배경 지식을 익히는 데도 도움이 되고, 서우는 역사를 좋아하는 편이기에 초등학생이 봐도 괜찮은 드라마라 여겼다. 서우의 제안으로 보기 시작한 드라마인데 어찌 된 일인지 내가 더 집중하는 느낌이 들었다. 주로 금요일 저녁 시간을 활용했다. 남편은 난데없이 무슨 드라마냐고 했지만, 금요일 저녁에도 일만 했던 내가 즐거워 보였는지 더 말리지는 않았다. 금요일 밤 과자를 먹느라 배가 덥수룩해지긴 했지만, 함께 울다가 웃다가 하는 시간을 만들었다. 드라마는 핑계였고, 같이 하는 시간을 만드니 아이와 할 이야기가 늘어났다.

세 번째 함께 한 건 스트레칭이다. 나는 늘 운동 부족이다. 필라테스를 하고는 있지만, 여전히 허리가 자주 아프다. 게

다가 오래 책상 앞에 앉아 있으니 몸이 늘 뻣뻣하다. 서우는 줄넘기 학원에 다니고 있다. 즐겁게 다니고 있지만, 일주일 두 번만으로는 운동이 부족하다. 그래서 하루를 마칠 때 스트레칭을 하기로 했다. 두 명이 등 맞대고 팔짱 낀 다음에 들었다 놨다 하는 운동이다. 어렸을 적에는 키 크라고 스트레칭을 자주 했다. 잠들기 전 신체를 늘려주는 행동을 하면 키가 큰다고 했다. 성장판이 열려 있을 때 스트레칭은 키 성장에 도움이 되기 때문이다. 발을 마주 대고 밀고 당기기를 하거나 다리 마사지를 해서 근육을 풀어주곤 했다. 어렸을 때 했던 스트레칭이 엄마가 아이한테 주로 해주는 동작이었다면 지금은 서로에게 기대며 함께 하는 동작이다. 아이와 하니 오히려 내가 더 도움을 받는 것 같다. 허리가 아파서 심하게 하지는 못하지만, 등 맞대고 조금만 몸 움직여도 시원했다. 스트레칭을 하다 웃음이 터지기도 하고, 간지럽다며 장난을 치기도 했다. 스트레칭으로 몸을 움직이고, 마음도 함께 움직였다.

생각해 보니 2년 전 서우와 함께 〈캔디〉 댄스 연습했던 기억도 있다. 유튜브 영상을 보며 안무를 익히려 했는데 몸치인 나는 금세 까먹었지만, 서우가 옆에서 알려주었다. 몸으로 하는 건 배우기 어려웠고, 한 번 익혔다가도 바로 잊어버렸는데 같이 하니 할만했다. 유튜브를 틀어놓고 웃느라 시간이 다 지나갔지만, 서툴러도 함께 하니 영상 보고 처음부터 끝까지 따라 할 수 있게 되었다.

아이는 자란다. 언젠가는 친구와 보내는 시간이 더 많아질 것이다. 그래서 작은 행복을 기록해 두고 싶다. 쿠키 굽고, 드라마 보며 스트레칭하는 일상이 좋다. 가족 문화가 달라지긴 했어도 웃으며 보낸 시간은 기억이 날 것이다. 가능하면 더 많이 웃고 고마워해야겠다. 평범한 금요일 저녁, 부엌에서 함께 쿠키를 만들었을 때 행복했다. 드라마를 보는 일도 스트레칭 하는 일도 조금만 시간 내면 가능했다. 작은 행복이 쌓이니 고마운 하루가 만들어졌다.

소소한 행복이 만드는 하루하루들
박서우

6학년이 되자 숙제가 많아졌다. 그래서 중간중간에 쉬는 시간이 필요하다. 공부하다가 쉬는 시간에 그림을 그린다. 그림을 그릴 때는 그냥 생각나는 대로 그리거나 만화를 그린다. 최근에 그리고 있는 만화는 총 11화까지 그렸다.

만화에는 여자아이 2명과 남자아이 2명이 나온다. 만화의 이야기 속에서 여자 주인공과 남자 주인공은 썸을 타고 있었다. 그런데 새로운 여자 주인공이 등장한다. 여자 주인공은 얼굴이 예뻐서 친구들에게 인기가 많다. 새로 등장한 여자 주인공은 여우짓을 많이 하지만, 시간이 지나면서 원래 여자 주인공과 친해진다. 그러다 수학 여행을 가게 되는 데 또 다른 남자 주인공이 등장한다. 네 명이 티격태격하다가 단짝이 되면서 해피엔딩으로 끝난다.

한 편씩 만화를 완성하고 나면 자랑하고 싶어진다. 제일 먼저 엄마에게 보여줬더니 "오, 잘했네."라는 시큰둥한 반응이 나와서 한 번 더 자세히 보라고 했더니 "굿 잡."이라고 해 줬다. 아빠에게 보여줬더니 "오오! 잘했어."라는 반응이 나왔다. 내가 읽어봤을 때는 꽤 완벽한 작품이었다. 하지만 다른 사람이 읽었을 때는 별로 재미가 없을 수도 있겠다는 생각이 들었다. 그래서 다음에 다시 해 보기로 하고 다른 그림을 그리기로 했다. 비록 엄마, 아빠가 엄청 좋은 반응 해 주지는 않았지만, 만화를 그리면서는 즐거웠다. 아마도 앞으로 또 그릴 수도 있다. 언젠가는 엄마도 재밌다고 말해 줄지도 모른다.

엄마와 드라마를 함께 보기 시작한 것은 5학년 끝나갈 무렵이다. 인기가 많았고 친구들이 많이 본 것 같아서 엄마에게 〈오징어 게임〉을 보고 싶다고 했다. 엄마와 오징어 게임을 보고 나서부터는 엄마와 함께 보는 드라마를 골랐다. 나는 월, 화, 수, 일에는 드라마를 보지 못한다. 숙제도 많고, 쉴 시간도 없기 때문이다. 하지만 목요일, 금요일, 토요일에는 시간이 있어서 볼 수 있다. 요즘 보고 있는 드라마는 〈히어로는 아닙니다만〉이라는 드라마이다. 초능력 가족이 있는데 현대인의 질병에 걸려 초능력을 못 쓰게 된 가족 이야기다. 여자아이를 만나 기운도 차리고, 다시 살아가려고 노력하는 사람들의 이야기이다. 처음에는 우울하고 슬픈 내용인 줄 알았다. 하지만 볼수록 점점 빠져들고 다음 화가 궁금해지는 재밌는 로맨스 드라마였다. 가족들과 같이 보기에는 괜찮은 것 같다.

소소한 행복은 다이소에서도 느낄 수 있다. 다이소에서 물건을 고르고, 구경하는 것은 심심할 때 하기 좋다. 가끔 엄마 몰래 카트에 물건을 넣을 때는 도파민이 터진다. 한 번은 포카를 모을 수 있는 케이스를 샀다. 당장 필요 없지만 사보고 싶어서 산 것이다. 연필이 집에 있는지 없는지 헷갈려서 사기도 했다. 그냥 인형이 예뻐서 산 적도 있다. 그렇다고 해서 돈을 낭비하는 것은 아니다. 정해진 용돈 내에서 필요한 물건을 사고 대부분은 엄마에게 물어보고 샀다. 엄마는 돈을 쓰는 걸 스스로 결정하라고 했다. 돈을 마구 쓰지는 않지만 내 마음대로 쇼핑을 다닐 수 있어서 소소하게 행복하다. 엄마가 나를 믿어주는 것 같아 기분이 좋다.

친하게 지내는 친구들과 카카오톡으로 이야기를 하거나 게임을 하는 것도 재미가 있다. 엄마는 다른 엄마들처럼 핸드폰

제한 시간을 두지 않았다. 내가 하고 싶은 만큼 스마트폰을 한다. 유튜브나 쇼츠를 많이는 보지는 않기에 엄마가 믿어주고 시간을 열어주었다. 다른 친구들은 항상 엄마에게 폰 시간을 늘려달라고 한다. 이 말을 해 본 적이 없다. 엄마, 아빠가 폰 시간을 풀어준 이유는 내가 적당히 쓴다고 믿기 때문이다. 엄마를 속상하게 할 정도로 많이 보고 싶지는 않다.

친구들과 파자마를 하는 날도 즐겁다. 파자마를 하면 여러 가지 미니 게임도 하고 역할 놀이도 한다. 그리고 야식으로 라면이나 떡볶이를 먹는다. 야식을 먹지 않으면 잘 때 배가 고파서 자지 못한다. 역할 놀이는 주로 가족 놀이를 한다. 엄마, 아빠, 첫째, 둘째, 셋째 등 인원수대로 역할을 나눈다. 파자마를 하고 나면 잠이 부족해 다음날 피곤하다. 그래도 친구들과 밤늦게까지 수다 떨고 노는 게 재미있다. 파자마를 허락해 준 엄마가 고맙고, 함께 놀 수 있는 친구가 있어서 좋다.

어렸을 때 엄마는 항상 책을 읽어주었다. 아침에 학교 가기 전에도 읽고, 저녁에 자기 전에도 읽었다. 너무 많이 읽어줘서 기억이 안 날 정도다. 엄마가 책을 읽자고 하면 귀찮았지만 한 번 읽을 때 길지 않아서 괜찮았다. 수입하고 와서 목도 아플 텐데도 나에게 책을 읽어주었다. 아빠는 혼자 읽으라고 했지만, 엄마 목소리를 듣는 것이 나쁘지는 않았다. 내가 딴짓을 하며 대충 듣고 있으면 엄마는 내게도 읽으라고 시켰다. 6학년이 되어서도 몇 번은 읽어 준 것 같다. 책은 그리 재밌지는 않았다. 책보다 노는 게 좋다. 어릴 때는 많이 놀아야 한다고 배웠다. 엄마 시절에는 학교가 끝나면 공터에 가서 뛰어다니며 놀았다고 했다. 요즘 애들은 학원에 다니느라 놀이터에서 놀 시간이 얼마 없다. 나도 많이 놀고 싶다. 하지만 학원도 가야 하고 숙제도 해야 해서 놀 시간이 부족하다.

그래도 틈틈이 소소하고 행복하게 노는 방법을 찾고 있다. 엄마, 아빠가 만화를 인정해주지는 않지만 난 그림을 그린다. 엄마와 드라마를 보며 웃고 운다. 다이소에서 쇼핑도 하고 친구들과 게임도 한다. 가끔은 친구들과 파자마도 하고, 조금씩 책도 읽는다. 이런 걸 하면 행복해진다.

엄마는 뭐든지 다 해 보라고 한다. 나는 공부를 잘하고 싶고, 인정도 받고 싶다. 친구들이나 가족들과 여행을 많이 다니고 싶다. 엄마 아빠가 나를 믿고 내가 원하는 것을 해줘서 감사하다.

평소에 밥 먹을 때나 학교 갔다 올 때나 넷플릭스를 볼 때,

엄마 아빠와 대화를 한다. 밥 먹을 때는 학교에서 있었던 일을 자랑하거나 소개한다. 그럴 때 엄마, 아빠가 반응도 안 할 때도 있지만 재밌는 얘기라면 웃으며 들어줬다. 더 많이 관심을 보이고 들어줬으면 좋겠다고 생각이 든다. 넷플릭스를 볼 때도 엄마와 대화를 한다. 이야기를 들어주고, 같이 넷플릭스를 보는 것만으로도 충분히 행복하다.

중학교에 가면 공부도 힘들어지고 놀 시간도 부족하고, 가족과 보내는 시간도 줄어들 것 같다. 그러면 대화도 줄게 될 것이다. 그래도 가족과 보내는 시간을 조금이라도 늘리도록 노력할 것이다. 대화 없는 가정이 된다면 정말 슬플 것 같다. 대화를 많이 하려고 노력하도록 힘쓸 것이다.

소소한 행복이란 하고 싶은 것을 하고 좋아하는 사람들과 함께 하는 것이다. 꼭 큰 걸 해야 행복한 것이 아니라 마음이 통하면 된다. 지금도 작은 행복을 만드는 중이다.

  잔소리하는 엄마, 투덜대는 아이

아이와 함께 나아가기

최혜정

난독 교정 검사를 하고, 결과를 들었다. 결과를 직접 듣지 못하고 전화 통화를 했다. 난독 교정 선생님이 알려주셨다. 아이가 ㅁ을 ㅂ으로 발음한다고 한다. 받침소리 발음이 잘되지 않는 거다. 또 ㄹ은 ㅁ으로 발음을 한다 했다. ㄴ은 ㄹ로 발음을 한다는 거다. 발음이 되지 않으니 아이가 감정 조절이 되지 않을 수 있다고 했다. 엄마가 관심을 가지고 살펴봐 주어야 한다고 했다. 중학교 가면 교정 시기가 늦어지니 지금 하는 게 최선이라 했고, 아직 늦지 않았다고 했다. 개인 차이도 있고, 아이 성향에 따라 달라진다. 오히려 6학년이라 빠르게 교정이 가능할 수 있다는 말이 희망적으로 들렸다. 선생님은 6개월에서 1년 정도 교정을 받으면 좋아질 수 있다고 했다. 처음에는 교정이나 치료가 막막했다. 어린아이보다 교정이 빠를 수 있다고 하고, 아이가 잘 따라갈 수 있다고 하니 안도감이 들었다. 앞으로 6개월 정도 지나면 좋아질 거라 기대한다.

12월에는 대학병원 예약이 잡혔다. 교정 결과를 가지고 대학병원 담당 선생님을 만나면 좀 더 정확하게 진료가 가능할 수 있다. 발음 교정을 하다 보니 우울감이나 자신감 부족 등의 문제도 해결할 수 있지 않을까 싶다.

초등학교 졸업이 얼마 남지 않았다. 아이가 원하는 중학교에 입학해서 다양한 친구들과 잘 지내면 좋겠다. 지금은 우리 가족에게 힘든 시간이다. 발음과 난독 문제, 친구 문제가 잘 해결되기를 바란다. 치료를 통해 태성이의 언어가 나아질 거다. 아이가 힘들어하니 엄마, 아빠가 모른 척했던 문제들이 수면 위로 떠올라 함께 해결하고 있는 중이다. 그동안 아이 아빠는 직장 생활로 힘들어했었다. 아빠를 자주 만나지 않아 태성이는 아빠를 무서워했다. 남편은 주말에 잠만 자는 역할에서 아이에게 말을 거는 아빠로 변화하고 있다. 독박 육아라고 생각해서 남편만 잘못했다고 몰아세우곤 했었다. 물론 나도 잘못한 점이 크다. 엄마로서 엄마 역할이 부족했고, 몸이 아프다 보니 아이한테도 신경을 쓰지 못했었다. 그동안 무관심하고 따뜻한 말을 하지 못했었다. 남편도 남편대로 외로웠을 것 같다. 부부로서 챙겨주지 못한 점이 미안하다. 가끔 장난을 칠 때가 있다. 태성이는 이 모습을 좋아하곤 했다. 아빠 몸에 올라타거나 장난을 건다. 내가 남편한테 스스럼없이 대할수록 태성이도 마음을 여는 것 같았다. 어렸을 때 좀 더 이런 시간을 많이 가졌으면 좋았을 텐데 그러지 못했다. 요즘 태성이 치료로 부부간에 대화도 많아졌다. 같이 해결하려고 대화를 많이 한다. 예전에 직선적으로 말을 하는 편이었다면 요즘은 돌려서 부드럽게 제안하는 말투로 바꾸었다. 내가 부드러운 말투로 바꾸니 화를 내지 않고 답변을 하는 것 같다. 화가 나서 내뱉은 말들이 서로에게 상처가 되었고, 그런 말들을 태성이가 다 들었을지도 모른다. 내가 남편에게 말을 심하게 할수록 태성이가 아빠를 더 무서워했던 거 아닌가 싶다. 이번 치료로 서로 돈독해질 수 있는 시간이 될 거라 생각한다.

10월 초, 모든 검사 결과를 듣고 머릿속이 복잡해졌다. 초등 6학년은 아이에게 가장 중요한 시기이므로 함께 하는 시간도 더 가져야 했다. 일하는 엄마다 보니 아이를 만나는 시간이 저녁밖에 없었다. 그렇다 하더라도 하루에 10분은 대화하고 아이 말에 집중할 수는 있었을 텐데, 피곤하고 바쁘다는 핑계로 그러지 못했다. 자기 전이라도 귀 기울여 듣고, 하루 있었던 일을 대화했으면 좋았을 텐데 그러지 못했다.

몇 주 동안 계속 "내가 휴직을 내야 하는 게 아닐까?" 생각이 들었다. 신경을 쓰다 보니 내 몸이 한계에 온 것도 문제였다. 쉬면 내 건강이 나아질까? 아이에게 잘해 줄 수 있을까? 라는 여러 가지 생각으로 머릿속이 복잡해졌다.

검사 결과 아이가 행동할 때 "이게 맞나요?", "이렇게 하면 되나요?"라는 말처럼, 확신이 없을 때 주로 의문형으로 말한다고 한다. 언어적 표현에 불안감이 많다.

실수하지 않으려는 방어 기제가 작동했다. 문장 완성에서도 철자 오류와 문법적 미숙함이 나타났다. 언어적 불안감이 생긴 것 같다고 평가받았다. 양육자인 나 또한 양육에서 아이에게 중요하다고 생각하는 문제에 대해 자세히 설명하시 않고 대화하지 않는 것으로 아이가 느낀다고 한다. 아이는 잠을 쉽게 못 들었다. 주로 잠자리에서 고민을 이야기하고는 했다. 나는 자야 하는데 아이가 고민을 이야기하면 무시할 수도 없고, 그렇다고 적절한 응대를 할 수도 없어서 짜증이 나기도 했다. 미리 말했으면 좋았을 텐데 말이다. 그때마다 우리 아이는 왜 이럴까 하는 생각도 들었다.

몸이 지치고 힘들어서 아이에게 대충 넘어간 것이 아이에게 부담을 많이 준 것 같다. 꾸준히 대화를 하면서, 단순한 해결책 제시가 아니라 아이가 생각하게 해 주어야 했다.

제3자 입장에서는 되는데 왜 자식에게만큼은 엄격했는지 내 자신이 부끄럽고 아이에게 미안했다. 불안과 신체적인 고통에서 오는 부담을 아이에게 지우려 했다. 정서적 지지와 합리적인 설명을 제공하지 못한 책임이 있다는 말에 이제는 나부터 아이와 같은 선상에서 바라보고 나아가야겠다는 생각이 들었다.

어릴 때는 어린이 뮤지컬도 보러 가끔 다니곤 했다. 그때는 무섭다고 울고 했는데 지금은 아이가 컸으니 울지는 않을 거다. 태성이 친구들과 애니메이션도 보러 같이 가기도 했는데 요즘은 서로 노는 친구가 달라서 같이 못 갔다. 태성이랑 둘만이라도 같이 보러 가야겠다.

태성이는 배드민턴을 치는 데 재미가 붙었는지 주말마다

나가자고 하는데, 내가 잘 못 쳐서 남편을 대신 보냈더니 아이가 30분 만에 지쳐서 들어왔다. 알고 보니 아빠가 아이보다 못 치니 서브만 넣고 공을 줍느라 아이가 지쳤던 거였다. 더 이상 못 치겠다고 툴툴거리면서 들어왔다. 놀아주는 건지 아니면 힘을 빼고 온 건지 도무지 노는 걸 못한다. 남편을 한숨 쉬면서 봤다. 내가 나서서 해야 하는 것 같았다. 주말엔 무조건 세 사람이 나가서 1시간씩 노는 걸로 바꿔야겠다.

몇 주 동안 몸살이 났다. 9월부터 예민해지고 신경을 쓰다 보니 몸이 한계가 온 것 같다. 계속 바뀌던 아이 스케줄도 조정 없이 안정화 되어 가는 중이라 이젠 시간이 흘러가길 바랄 뿐이다.

아이가 센터에 가서 1주일에 2번씩 치료를 받는다. 처음에는 조바심도 나고 빨리 낫길 바랬지만 시간이 해결해 주길 기다리는 수밖에 없었다. 아이에게 센터 선생님은 어떤지 물어보니 "선생님도 좋으시고 공부도 재미있어."라고 말했다. 그 말을 듣고 아, 이제 이대로 잘 유지하면 되겠구나 라는 생각이 들었다. 일찍 했으면 참 좋았겠지만 지금도 늦지 않았다. 희망이 보인다. 아이가 지치지 않고 같이 꾸준히 하다 보면 중학교 가기 전에 변화가 보일 거라고 믿는다.

아이도 나도 모든 게 처음이라 서툴렀다. 아이 클 때까지 유튜브를 보면서 발음 교정도 찾아보려 한다.

엄마, 아빠가 일상적인 대화를 더 자주 하려 노력하고 있다. 태성이랑 아빠가 몸으로 놀이 하면서 친밀감을 쌓으면 태성이도 아빠에 대한 낯설음과 무서움이 줄어들 거다. 태성이랑 하루를 마감하면서 어려운 점이 있었는지 되돌아 보고, 모르는 건 언제든 물어보라고 했다. "이런 건 어떨까?"라고 하면서 도움을 주면, 누구보다도 따뜻한 태성이이기에 잘 이겨낼 거라 믿는다.

혼자였다가 여럿이 함께한 소중한 시간

오태성

지난 8월 친할아버지댁에 다녀왔다. 전라도 광주이다. 멀어서 한번 가는데 6~7시간 걸린다. 갔다 오면 차에서 있는 시간이 길어서 힘들었다. 아빠가 운전을 한다. 차 안에서 핸드폰을 하거나 잠을 자며 시간을 보내지만 차를 오래 타는 건 쉽지 않았다. 작년 추석 때 광주에서 서울로 올라오는데 11시간 반이 걸려서 너무 지쳤다. 다시 내려가고 싶지 않았다. "이번엔 명절 아니고 광복절이니 괜찮겠지!"라고 생각했다. 힘들어도 할머니, 할아버지를 오랜만에 만나서 좋았다. 고모할머니랑 동생, 누나들도 만났다. 고모네 아이들은 아직 5살, 7살이라 나랑 놀기엔 너무 어렸다. 그래도 나는 동생들과 잘 놀아주는 편이다. 놀고 나면 힘이 빠지지만 그래도 없으면 허전하다. 내가 생각해도 열심히 놀아주는 것 같다.

다음날 고모할머니들과 친척 동생, 그리고 누나들을 만났다. 너무 오랜만에 봐서 어색했다. 먼저 같이 식사를 하고, 광주 삼촌네 집에서 다 같이 모여서 놀기 시작했다. 어른들은 어른들끼리 이야기하고 아이들끼리는 쿠키런 킹덤 게임하고, 레고 장난감 가지고 놀기도 하면서 서로 번호 교환도 했다. 어릴 때 만나고 5~6년 만에 보니 처음에는 어색했지만 금방 친해졌다. 재미있게 놀았다. 어른들도 이야기하시느라 바빴다. 저녁 늦게까지 놀고 헤어졌다. 할머니 댁으로 돌아가서 다음 날 서울로 출발해야 하기 때문이다.

올라오는 길은 명절 때보다는 덜 막혔다. 올라오는 길에 휴게소를 네 번 정도 갔다. 휴게소 갈 때마다 1시간씩 시간이 늘어나는 것 같다. 휴게소에서는 화장실을 다녀오고 간식을 사 먹는다. 차가 막히는데 휴게소에 들르면 시간이 뒤로 갈 수밖에 없다. 아빠는 그럴 때마다 혼자 운전하시느라 고생하신다. 그래서 엄마 보고 운전 배우라고 아빠가 항상 이야기한다. 엄마는 운전에 도전하기 싫다고 이야기한다. 두 분이 차에서 매일 운전 때문에 말씀하신다. 나는 뒷좌석에 앉아서 가는데 엄마랑 아빠가 이야기하는 걸 들으면 '또 그 이야기구나. 차 타고 갈 때마다 똑같은 이야기네.'라는 생각이 들었다.

차라리 내가 빨리 커서 운전할 수 있음 좋겠다. 그럼 두 분이 편하실 것 같다.

아빠는 서울로 돌아오고 나면 장거리 운행으로 지쳐서 바로 주무신다. 엄마는 집안일 하고, 나는 이번에 받은 용돈을 어디다 쓸지 고민한다. 반은 저금, 반은 내 마음대로 쓸 수 있는데 아빠가 얼마 전부터 장난감은 사지 말라고 하셔서 고민이다. 난 아직도 장난감이 좋은데…. 엄마한테 몰래 부탁을 드렸다. 그런데 아빠가 어떻게 아셨는지 "태성아, 더 이상 장난감 늘리지 마라."라고 하셨다. 이제 초등 6학년이니 다 컸다고 생각하시는 것 같다.

순간 나랑 엄마는 눈빛을 주고받고 알았다고 했다. 저녁에 엄마랑 몰래 상의했다. 내 용돈인데 마음대로 못 쓰다니 슬프다. 아빠는 용돈을 줄 때마다 "게임 머니도 생각을 여러 번 해서 살지 말지 고민해."라고 항상 말씀하신다. 그럴 때마다 머리가 아프다.

"아빠, 나에게 자유를 주시면 안 될까요? 나도 다른 친구들처럼 게임 머니랑 장난감을 많이 사고 싶어." 친구들은 로블록스 게임 머니를 가지고 있다. 친구들은 3,000개 이상을 가지고 있는데 나는 고작 40개다. 게임 머니로 캐릭터를 꾸

밀 수 있고 아이템도 사고 싶다. 딱 한 번 해 봤다. 캐릭터를 산 적 있었는데, 뿌듯했다. 이걸 가지고 있다는 생각에 우쭐해졌다.

아빠는 여전히 적절하게 돈을 써야 한다고 말씀하신다. 그래도 친구들처럼 사고 싶은 거 사고 싶다. 친구들에게 자랑도 하고 싶다. 친구들이랑 로블록스 게임을 같이 하고 싶다. 현질은 많이 해 본 적이 없다. 친구들은 게임도 잘하고 캐릭터도 많이 산다. 만약 캐릭터나 아이템이 있었더라면 같이 놀 기회도 많았을 것 같다.

요즘 친구들은 발로란트라는 게임을 한다. 친구들은 컴퓨터로 게임을 하는데, 나는 태블릿을 사용한다. 컴퓨터를 사용하면 좀 더 게임을 잘할 수 있을 텐데 아쉬운 생각도 든다. 집에 컴퓨터 모니터는 3개가 있지만 컴퓨터는 1개이다. 게임을 하기 위해 사달라고 할 수는 없었다. 컴퓨터를 사달라는 걸 생각해 본 적도 없었다.

최근에는 유튜브 보는 게 취미이다. 주말은 하루에 10시간 정도 본다. 평일에는 학교, 학원으로 볼 수가 없어서 주말에 주로 본다. 엄마가 유튜브 보는 시간은 제한하지 않는다. 엄마는 나를 잘 안다. 유튜브 속 내용을 따라 해서 유튜버가 되고 싶기 때문이다. 친구 중에서 유튜브를 촬영하는 아이가 있었다. 유튜브 촬영을 해 보고 싶었으나 어려워서 시작하지는 못했다.

처음에는 장난감 조립하는 방법을 찍고 싶었으나 이미 많은 사람들이 하고 있었다. 그러다 보니 새로운 주제를 찾아 유튜브를 하고 싶은데 생각이 잘 나지 않는다. 그래서 여러 유튜브를 보는 것 같다. 보면 볼수록 더 어렵고 엄마도 주제가 안 떠오르면 가볍게 일상생활을 찍어 보라고 했다. 꼭 지금 유튜브가 아니더라도 동영상 촬영부터 시작해 보라고 조언하셨다. 유튜브를 해서 유명해지고 싶은 건 아니지만 나도 하면 잘할 것 같다는 생각이 들었다. 그러다 보니 유튜브 보는 시간이 길어지는 것 같다. 5학년 때 친구는 이미 구독자가 많았다. 그래서 어떻게 했는지 물어보니 부모님이 도와주시면서 찍는다고 했다. 그래서 나도 엄마와 계정부터 유튜브 촬영을 어떻게 하는지 같이 공부 중이다.

엄마도 나도 유튜브는 처음이라 어렵지만, 아직 시간이 있으니 차근차근히 해 볼 생각이다.

엄마는 숙제나 공부를 다 하면 유튜브 보는 시간은 자유롭게 하게 해주신다. 그런데 요즘은 뭐라 하신다. 중학교 가야 하는데 공부에 좀 더 시간을 갖고 책을 많이 읽으면 유튜브 하는 데도 도움이 될 거라 하셨다.

유튜브에서 나온 이야기처럼 동생들과 놀아주고 있다. 동생들은 재미있다고 한다. 하지만, 나는 동생들이 끊임없이 놀아달라고 해서 피곤하다. 그래도 어른들한테 가서 말썽부리는 것보다는 나와 노는 게 나을 거라 생각해서 같이 놀아준다. 놀고 나면 엄마에게 "엄마, 나 동생들과 내 몸 불태우듯 놀았어."라고 말했다. 엄마는 웃으시면서 적당히 하라고 했다. 동생들과 놀듯 나도 친구들에게 적극적으로 다가가서 친구들과 어울리고 친구들 말에 공감도 해주고 싶다. 얼마 전 친구들과 장기자랑을 했는데 내가 주인공이 돼서 친구들과 태권도 합판 깨기를 했다. 합판 준비 과정부터 음악, 의상까지 친구들과 함께 준비했다. 오랜만에 기분이 좋았다. 장기자랑을 통해 친구들과 함께하면 기분이 두 배가 된다는 걸 다시 한번 느꼈다. 이젠 할 수 있을 것 같다. 혼자가 아닌 여럿이 함께 한 시간이 얼마나 소중한 경험인지 알 수 있었다.

시간을 낼 수 없을 때 마음을 내자

안지언

친정엄마가 며칠간 우리 집에 머물다 가셨다. 오랜만에 오신 엄마에게 어떤 음식을 대접해야 할지 고민이 컸다. 올 때마다 반찬가게 음식을 드렸는데, 이제는 연세도 있으시니 몸에 좋은 것 챙겨 드리고 싶었다. 그런데 그럴 만한 여력이 없었다. 직장 일과 아이를 챙기느라 엄마 식사까지 챙길 시간이 부족했다.

모처럼 우리 집에 왔는데 드릴 게 없었다. 엄마는 다른 반찬 필요 없다고 하지만, 좋아했던 음식이 뭐였는지 떠올렸다. 먹는 건 좋아하는데, 왜 음식 만드는 건 이렇게 어려울까.

좋은 재료로 정성껏 요리하면, 반찬가게 음식보다 건강하게 좋을 텐데. 쉰이 넘은 나이에 이제야 건강 요리에 관심을 가지게 된 것이 후회스럽다. 손이 더 가더라도, 지금이라도 잡곡밥에 저염 나물 반찬, 그리고 푹 끓인 맑은 북엇국 같은 소화하기 쉽고 영양가 높은 엄마의 식사를 좀 더 챙겨드렸어야 했다. 칼칼하기보다는 감칠맛을 살린 멸치육수에 싱싱한 채소를 넣고 맑게 끓여낸 된장찌개를 차렸다. 오늘따라 밥이 더 달다시며 한 그릇을 뚝딱 비우셨다. 힘든 마음이 내려갔다. 내일은 어떤 메뉴로 기쁘게 해드릴까? 하는 고민에 빠졌다. 마음을 낼 수 있을 때 시간을 내어 드려야 하는데, 소중한 기회를 자꾸만 놓치는 것 같다. 이제부터라도 오늘 하루의 끼니가 엄마의 건강한 노년을 지탱하는 중요한 보약이라 생각하고 따뜻한 밥상을 계속 지켜드려야겠다.

여든 아버지가 허리 시술을 받았기 때문이다. 옆에서 엄마를 돌볼 수 있는 사람이 없었다. 엄마를 누군가 돌봐주지 않으면 안 되는 상황이다. 아버지가 며칠 입원해서 우리 집에 오신 거다. 아버지는 울산병원에서 허리 시술을 받으셨다. 두 시간 정도 혼자 계시다가 아이가 오면 말동무가 생기는 셈이다.

늦은 오후에는 막내 여동생이 엄마를 돌보러 온다. 아버지도 허리가 불편하다. 연세가 있으셔서 그런가 보다. 평소에 허리가 아프다고 하셨는데 아마도 이번 수술은 엄마를 더 잘 돌봐드리기 위해 한 건 아닐까. 책 쓰기 도전도 했는데, 요리도 한번 도전해 볼까? 요리 비결을 익혀 음식 만드는 실력을 키워볼까? 마음만 먹으면 뭐든지 할 수 있을 것 같다는 자신감만 생겼다. 장을 보고, 재료를 다듬고, 조리하는 모든 과정이 버거웠다. 여러 가지 일을 동시에 처리하다 보니, 요리는 자연히 뒷전이 될 수밖에 없었다. 건강 요리에 대한 부담감을 내려놓고, 하루에 한 가지 반찬이라도 직접 만들기로 했다.

매주 토요일은 아이와 함께 정토사에서 운영하는 어린이 청소년 합창단 연습에 참석한다. 주변 환경이 고즈넉해서 나에게도 마음의 평온을 얻기 좋은 곳이었다. 사찰이라는 공간이 주는 친근감이 좋았다.

아이의 주말 휴대전화 사용 시간을 줄여주고 싶은 욕심만 앞섰다. 아이가 아무리 싫다고 해도 억지로 합창단 활동에 밀어 넣었다. 엄마의 의지에 끌려 억지로 간 아이가 재미있을 리 만무했다. 낯선 아이들과 모여 하기 싫은 활동을 해야 하는 상황에 놓이자, 아이는 마지못해 따랐다. 주말의 평화로움과 바꿔야 해서 분하고 억울한 마음도 생겼을 것이다.

　잔소리하는 엄마, 투덜대는 아이

나는 아랑곳하지 않고 토요일 무조건 합창 연습이라고 못 박고 시작했다. 초기에는 아이가 큰소리를 내며 문밖을 뛰쳐나가며 다시 들어와 바닥에 드러눕기도 했다. 게임 아이템을 살 수 있는 구체적인 보상을 제시하며 합창 활동을 억지로 시켰다.

아이는 원하는 것이 있을 때마다, 나에게 '이번 토요일 합창단 연습 안 할 거야.'라며 엄포를 놓았다. '혹시라도 아이가 정말 연습을 거부할까?' 걱정이 앞섰다.

아이의 감정을 강제로 누르기보다 공감하고 싶었다. 그래서 아이 곁에서 함께 노래 가사를 외우며 합창 활동에 뛰어들었다. 엄마가 함께한다는 안정감을 통해 아이가 새로운 세상에 흥미를 느낄 수 있기를 바라는 간절한 시도였다.

아이가 연습에 들어간 후, 주변 환경이 눈에 들어왔다. 절 내부를 살필 수 있는 여유도 생겼다. 가장 먼저 큰 법당이 눈에 들어왔다. 아무나 들어가도 되나 싶었지만 무작정 들어갔다. 먼저 온 누군가가 방석을 깔고 앉아 불경을 읽는 모습이 보였다. 나도 그 뒷모습을 가만히 따라 해 보았다. 사찰의 예법이 낯설어 혼자 겸연쩍은 미소를 지었지만, 숨소리조차 조심하며 자리를 잡았다. 다른 법당에서 들려오는 염불 소리에 소란했던 내 마음도 덩달아 차분해졌다.

아이들이 수업을 마칠 때까지 기다리는 부모들을 대상으로 주지 스님의 특강이 열렸다. 마음과 대상 알기를 주제로 한 강의에서 스님은 우리가 살아간다는 삶은 마음과 대상 간의 끊임없는 상호작용이라 설명하셨다. 설명이 불교적인 관점에서 이루어져 모든 내용이 곧바로 이해하기는 어려웠다. 마음속에 깊이 와 닿는 한 구절이 와 닿았다. '일상에서 마음 때문에 마음고생하지 마세요. 그 마음은 내 마음이 아니라 그렇게 일어날 만한 조건에서 일어난 그 마음입니다.'
주지 스님의 가르침을 들은 후 의미를 생각해 봤다. 마음은 조건에 따라 일어난다는 뜻이었다. 하루에도 몇 번씩 아이에게 불편한 감정이 솟아올랐다. 한참 동안 현재의 생활과 배운 가르침을 대조하며 그 의미를 해석했다.

결국 아이를 다그치게 만드는 것은 내 본래의 마음이 아니라, 마음고생을 할 만한 내 삶의 조건이었다는 사실이었다. 그동안 내 감정만 소중했을 뿐 아이의 상황과 마음은 안중에 두지 않았던 거다.

　　잔소리하는 엄마, 투덜대는 아이

스님은 우리가 수많은 생각과 행동을 하면서도 대부분 알아차리지 못한 채 살아가며, 자신이 무엇을 하면서 사는지도 모르고 살아가고 있다고 했다. 이 말씀을 통해 불만이 가득한 마음으로 바라보았던 대상들 역시 마음먹기에 따라 달리 보일 수 있었다.

아이를 다그치고, 불편한 관계를 이어가게 만드는 것은 내 본래의 마음이 아니었다. 그동안 내 감정의 소중함만 알았을 뿐, 아이의 상황과 마음을 온전히 바라보지 못했다.

스님의 말씀처럼, 우리는 수많은 감정과 생각 속에서 자신이 무엇을 하면서 살아가는지도 모른 채 불만을 가득 안고 있었다. 불만이 가득했던 대상들 역시 '마음먹기'에 따라 달리 보일 수 있다는 가능성을 열어주셨다. 아이를 위해 시작한 합창단 활동은 귀한 덤인 부모 교육을 통해 내게 지혜를 선물했다. 감정(불쾌한 기분)의 발생 자체는 자연스러운 현상이었다. 더 중요한 것은 그 감정 이후에 내가 어떻게 반응하는가였다. 즉, 내 마음의 반응이 상대에게 유익함을 가져다주는지, 무익함을 가져다주는지를 알아차리는 것이 진정한 공감이었다.

진정한 공감이란, 조급함 때문에 해답을 제시하는 대신 아이의 불안하고 불편한 감정을 온전히 알아주는 것이었다. 시간을 낼 수 없을 때는 마음을 내어야 했다. 그것이야말로 가족의 존재를 있는 그대로 인정하고 알아주는 유일한 길이었기 때문이다.

단 하나의 목표, 나를 단단하게 만들다

정진욱

친구와 함께 야구장 간다는 생각에 설레서 잠을 설쳤다. 친구가 토요일 오전 학원에 갔다가 일찍 온다고 해서 잠시 쉬며 기다렸다. 롯데 자이언츠가 7연패 중이라 오늘 경기는 순위 결정될 수 있는 중요한 직관 경기였다. 친구 아버지도 같이 직관에 가기로 했다. 늦게 오신다고 하여 우리만 먼저 버스를 타고 경기장에 갔다. 경기 4시간 전, 노포동 직행버스가 몇 분 남지 않아 뛰어가 겨우 탔다.

평소 지하철 이용이 생활화되어 있으며, 철도에도 관심이 많아 부산 지하철 1호선 노선은 거의 다 외울 정도다. 하지만 오늘은 부득이하게 버스에 의존해야 하는 상황이라 아쉬움이 남았다.

야구장 밖에 있는 자이언츠 공식 매장에 들렀다. 상품 대부분은 8천 원대였지만 10만 원이 넘는 고가 물품도 있었다. 부담되어 구경만 하고 나왔다. 경기 중에 간단히 먹을 만두와 쫄면 등 먹거리를 샀다.

오랜 기다림 끝에 드디어 경기가 시작되었다. 저녁 6시였는데도 습도가 높고 더운 날씨 탓에 관람이 쉽지 않았다. 1회 초부터 위기가 찾아왔지만, 우리 팀 유격수의 환상적인 수비 덕분에 실점 없이 마무리할 수 있었다. 올해 2025 KBO 리그는 인기가 많아 입장권 구하기가 하늘의 별 따기였다. 야구장을 한 번도 와보지 못했는데, 이렇게 시즌 막바지에 직관할 수 있게 되어 소소하지만 큰 기쁨을 느꼈다.

기대와 달리 1회 말, 롯데 타선은 삼성 선발투수에게 삼진아웃으로 완벽히 막혔다. 세 개의 아웃카운트가 모두 삼진으로 기록되자, 경기가 팽팽하게 전개될 것임을 짐작할 수 있었다.

2회 초, 아웃카운트 하나를 잡은 뒤 볼넷과 장타를 허용했다. 첫 실점에 불안했다. 다행히 이후 추가 실점 없이 2회 초를 마무리했다. 2회 말 롯데 공격에서 안타를 쳐냈지만, 아쉽게도 레이예스 선수의 병살타로 2회 말이 허무하게 마무리되었다.

3회에는 양 팀 모두 득점 없이 공방이 이어졌다. 4회 초, 롯데 마운드가 급격히 흔들리기 시작하더니 결국 2실점을 추가했고, 점수는 3대0으로 벌어졌다.

반드시 이겨야 가을 야구에 진출할 수 있는 절박한 상황이었다. 있기에, 패배하는 것은 가을 야구를 꿈꿀 수 없음을 의미했다. 드디어 5회 말, 롯데는 기회를 놓치지 않고 겨우 1점을 만회하며 점수를 3대1로 만들었다. 8연패에 직면한 상황이라 평소 같으면 크게 신경 쓰지 않았을 것이다. 한 점조차 소중하게 느껴졌다.

9회 초, 상대팀에게 1점 홈런을 허용하며 점수는 다시 벌어졌다. 순식간에 주변 분위기가 싸늘하게 식었다. 여전히 역전의 실낱같은 희망과 긴장감이 있었다. 홈런은 너무 아쉬웠고 이대로 지면 순위가 바뀔 수 있었다. 9회 말 롯데의 마지막 공격에서 득점하지 못했다. 최종 점수 4대1로 롯데는 패배했다.

패배는 아쉬웠지만 '졌잘싸(졌지만 잘 싸웠다)'라고 생각하며, 경기 후 선수들 퇴근길에 사인이라도 받자고 친구와 함께 기다렸다.

어디선가 싸이의 노래가 들려왔다. 알고 보니 그날 사직 야구장 근처 공연장에서 유명 가수들이 공연 중이었다. 경기 후반에는 공연장의 불꽃놀이 연기가 심해 경기가 잠시 중단 될 정도였다.

아쉬움을 뒤로하고 친구 아버지 차를 타고 귀가했다. 평소 시끄러운 친구가 차 안에서 조용히 이야기하는 모습이 인상 적이었다.

돌이켜보면, 그날은 여러모로 정신적으로 지치는 하루였 다. 35도를 웃도는 폭염 속 외야 좌석은 견디기 힘들었다. 야 구장 가는 길에 겪은 부산 버스의 역주행은 "천 원짜리 롤러 코스터."라는 말이 실감 났다. 야구장 분위기가 어수선했지 만, 좋아하는 스포츠를 직관하는 즐거운 덕분에 끝까지 버틸 수 있었다.

이번 직관 경험을 통해 세상이 호락호락하지 않다는 것을 알았다. 돌이켜보면, 그동안 내 마음조차 정리하지 못하고 작은 말에도 쉽게 무너지는 나약한 사람이었다. 스스로 중 심을 잡지 못해 힘들었다. 예상치 못한 사건(폭염, 역주행 버스, 연패, 경기 중단)이 연속되면서 세상은 언제나 예측 불가능하고 내 마음대로 되지 않는다는 것을 절실히 느꼈다.

이제는 외부의 상황이나 충격에 쉽게 흔들리지 않도록 내면을 단단하게 다지는 시간을 가져야 했다.

갑작스러운 폭염과 부산 버스 역주행 같은 통제 불가능한 상황들은 마치 인생에서 갑자기 닥치는 난관과 같았다. 나는 늘 안전하고 가능할 수 있는 일만 바라왔지만, 현실은 불편함과 돌발 상황의 연속임을 인정해야 했다. 낯설고 불편한 환경에서도 더위를 버텨내고 위기에서 벗어나야 했다. 도움 없이도 문제를 해결할 수 있는 사람이 되고 싶다.

평소 사람이 붐비고 어수선한 공간을 선호하지 않았는데 그 속에서 하루를 버텨냈다는 사실이 실감 나지 않을 정도였다. 집중해야 할 목표가 있을 때, 주변의 소음과 불편함은 얼마든지 감내하고 극복할 힘이 생겼다.

더 이상 환경 탓이나 타인에 대해 의존하지 않을 것이다. 내 삶의 방향키는 나 자신에게 있었다. 굳건한 마음가짐만이 다음 도전에 맞설 힘이 될 것이다.

이번 긴 하루는 단순히 지치고 힘들었던 경험을 넘어, 다른 요인들로부터 나를 보호하고 성장시키는 소중한 기점이 되었다. 이제는 나약함을 인정하고, 그 위에 새로운 강인함을 쌓아 올리려 한다. 사소한 불편함에 쉽게 동요하지 않고 감정을 통제하는 연습부터 시작할 것이다. 삶에서는 예기치 않은 위기 앞에서도 미소 지을 수 있는 여유를 갖춘 사람이 되기를 원한다.

워킹맘이어도 괜찮아

나진희

워킹맘으로 살아왔고 앞으로도 그럴 것 같다. 의학전문대학원 2학년 때 첫째를 임신했다. 의대 본과 2학년 과정을 공부하는 시기여서 공부량이 압도적으로 많았다. 한 과목이라도 유급하면 1년을 다시 해야 했다. 임산부의 몸은 의지대로 움직이지 않았다. 수업 시간에 갑자기 잠이 쏟아져서 꾸벅꾸벅 졸기도 했고 갑자기 비빔밥을 먹고 싶어서 수업시간 내내 비빔밥만 생각한 적도 있었다. 집중력은 떨어졌고 공부량도 예전만 못했다. 유급에 대한 불안으로 울면서 공부하던 날들도 있었다.

3월이 출산이라 3학년 진학을 앞두고 1년간 휴학 신청을 했다. 친정엄마가 산후조리를 해 준다고 해서 출산 후에 친정에서 지냈다. 첫째 아기 주원이는 밤마다 2시간 간격으로 깨서 울었다. 한번 울기 시작하면 10분이고 20분이고 자지러지게 울었다. 그럴 때마다 임신기간을 스트레스로 채워서 아기가 예민한 건지 죄책감이 밀려왔다. 아이에게 사소한 문제라도 보이면 고요하고 잔잔한 마음으로 태교하지 못한 나의 잘못 같았다.

6개월 정도 지나니 자지러지게 우는 것도 조금씩 나아지고 걱정도 조금씩 사라졌다. 1년의 휴학 기간이 끝나고 아이가 돌이 조금 되기 전 복학을 해야 했다. 대학원과 친정은 고속도로를 타고 왕복 3시간 이상의 거리였다. 친정에서 지내며 대학원 생활을 하는 건 벅차다고 판단했다. 아이는 친정에 두고 남편과 나는 대학원 근처에서 지내다가 주말만 아이를 만나기로 했다.

주말에만 온전한 가족으로 지내면서 봄, 여름, 가을, 겨울이 다섯 번쯤 지나갔다. 그 사이 둘째 주호도 태어나서 주원이는 여섯 살, 주호는 네 살이 되었다. 친정 근처에 있는 병원에서 레지던트 수련을 하기로 했다. 레지던트가 되어도 출

퇴근이 불규칙하고 당직 근무가 잦아서 안정적으로 아이들을 돌보기엔 어려움이 있었다. 아이들이 한창 손이 많이 갈 때라 친정엄마의 도움을 조금 더 받기로 하고 우리 부부는 친정에서 함께 지내기로 했다. 아이들이 있는 곳으로 짐을 들고 들어가던 날. 세상이 다 내 것만 같았다.

일하는 엄마이다 보니 아이와 함께하는 시간이 적었다. 세상 모든 엄마가 그렇듯이 아이를 잘 키우고 싶었다. '주어진 시간은 적은데 어떻게 잘 키울 수 있을까?' 하는 고민 끝에 도서관에 가서 육아와 관련된 책을 여러 권 빌려서 읽고 할 수 있는 것만 추려서 적용했다.

첫째, 책을 자주 읽어주려고 했다. 두 돌 무렵부터 틈틈이 책을 읽어주었다. 책을 읽어줄 때 곁에 앉은 아이들의 얼굴을 보면 얼마나 편해 보이는지 모른다. 조금 자라고 나서는 가끔 집 근처 카페에 가서 좋아하는 음료를 한 잔씩 시켜놓고 책을 읽어주기도 했다. 중간중간 책에 있는 문장에 아이의 이름을 넣어 새 문장을 만들어 주기도 했다. 최근 둘째에게 생텍쥐페리의 『어린 왕자』를 읽어주었다. 여우가 어린

왕자에게 말했다. '가령 오후 4시에 네가 온다면 나는 3시부
터 행복해지기 시작할 거야.' 이 문장을 '가령 오후 4시에 주
호가 온다면 엄마는 3시부터 행복해지기 시작할 거야.'라고
바꿔 읽어줬다. 그리고 주호가 머쓱하면서도 행복하게 미소
짓는 걸 봤다. 주원이가 6학년 겨울 방학이 되니 "지금부터
는 읽고 싶은 책을 혼자 읽을게요."라고 선언했다. 주호도 5
학년이니 이제 책을 읽어줄 수 있는 시간도 1년 정도 남은 것
같다.

둘째, 가족들이 함께하는 경험을 늘려갔다. 초등학교 입
학 전에는 종종 간식과 돗자리를 들고 아파트 놀이터나 가까
운 산에 가서 자리를 펴고 앉았다. 초등학교 입학 후에는 학
교에서 배워오는 장소를 찾아갔다. 첨성대를 보고 싶다고 하
면 주말에 당일치기로 경주에 가서 직접 보았다. 병자호란에
대해 배우고 왔을 때 잠실역 근처에 있는 삼전도비와 경기도
광주에 있는 남한산성을 둘러보고 왔다. 코로나가 한창일 때
는 사회적 거리 두기로 인해서 숙소 제한이 많았다. 덕분에
우리 가족은 캠핑하러 다니기 시작했다. 함께 텐트를 세우고
모닥불을 피웠다. 밤하늘에 수많은 별도 보고 친구, 공부, 최

근 관심사에 관해 이야기를 나누었다.

　마지막으로 쪽지를 많이 썼다. 아이가 어릴 때 출퇴근이 불규칙했다. 엄마가 집에 왔는지 안 왔는지도 모르는 날들이 반복되었다. 다녀간 흔적을 남겨야겠다는 생각이 들어서 쪽지를 쓰기 시작했다. 아이를 못 만나는 날에는 포스트잇에 '좋은 아침, 사랑해, 행복한 하루 보내자.'라고 써서 거실 벽 아이의 눈높이에 붙여 놓았다. 어떤 날은 웃는 얼굴이나 하트만 그려서 붙여 놓고 나왔다. 하루는 아이가 낙서하고 노는 작은 화이트보드에 '엄마는 주원, 주호를 사랑해.'라고 적어놓고 출근했다. 퇴근 후 집에 들어갔더니 화이트보드에 답장이 있었다. '주호도 엄마를 사랑해.' 짧은 메시지였지만 우리는 소통하고 있었다.

　아이들은 사랑과 관심을 주는 대로 받고 자란다. 표현하는 방법은 다를 수 있다. 책을 읽어줄 수도 있고 함께 여행을 갈 수도 있고 쪽지를 남길 수도 있다. 방법이 무엇이든 '너는 엄마에게 언제나 소중한 존재'라는 신호를 끊임없이 주고 싶었다. 지금도 가끔 아이가 쓰는 연습장이나 문제집에 아주 작게 하트를 그려 놓는다. 얼마 전 중간고사 준비를 하던 첫째가 연습장에 그려져 있는 좁쌀만 한 하트를 발견했다. '이거 엄마가 그려 놓은 거지?' 물으면서 활짝 웃었다.

첫째가 중학교에 가기 전 우연한 기회로 아동 심리검사를 받았다. 결과지는 A4 4장 정도로 글이 빼곡히 적혀 있었다. 그중 '보호자와 애착 관계가 잘 형성되어 있음'이라는 문장이 있었다. 멋진 '육아 성적표'를 받은 기분이었다. 늘 함께하는 시간이 짧다고 느꼈지만, 많은 육아서를 읽으며 할 수 있는 것들을 따라 하며 애썼던 시간이 헛되지 않았다. 워킹맘이어도 작은 노력만 있다면 자녀와의 애착 관계에 불안해하지 않아도 되는 거였다.

최근 직장동료가 아이를 위해서 일을 그만둬야 할지 고민이 된다고 속마음을 털어놓았다. 아이는 유치원을 다닌다고 했다. 평소에는 괜찮지만, 아이가 가끔 "엄마. 회사 안 가고 나랑 있으면 안 돼?" 하고 묻는 날은 출근해도 마음이 불편하다고 했다. 대부분의 일하는 엄마들이 하는 고민이라고 공감해 주었다. 그리고 엄마가 오랜 시간 함께 있어 주지는 못

했지만, 책 읽어주기, 쪽지 적어두기, 여러 가지 경험하기를
통해서 아이들과 관계 형성이 잘 되고 있다고 안심시켜 주었
다. 함께하는 시간의 양보다 아이를 향한 마음을 표현하는
것이 아이와의 관계에서는 더 소중한 것 같다.

행복한 하루를 만드는 작은 변화들

진주호

작은 변화가 생활에 영향을 줄 때 있다. 일상에서 일어나는 작은 사건들이 기분을 좋게 만들기 때문이다. 칭찬을 받거나 성취감을 느낄 때 행복하고, 가족들의 기념일을 챙기면서 유쾌한 하루를 보낼 수 있다. 기분 좋은 하루를 보내고 나면 웃으면서 잠들 수 있다. 생각나는 이야기를 적어보겠다.

첫 번째, 칭찬받을 행동을 했을 때 기분이 좋다. 평소에 학교나 학원의 과제를 미루다가 남은 시간이 거의 없을 때 후다닥 마무리해서 해결하는 편이다. 그런데 가끔은 미리 해놓고 싶은 날도 있다. 심심하거나 놀거리가 없는 날은 스스로 일기를 쓰거나 과제를 하면서 어른들의 칭찬을 기다리게 된다. 그리고 책을 읽고 있는 모습을 우연히 어른들이 보게 되면 어깨가 으쓱 올라간다. 엄마, 아빠는 "주호야, 혼자 일기 쓰는 걸 봤어. 너무 기특하다.", "주호야 오늘은 과제를 스스로 해냈구나. 칭찬해.", "이야. 우리 아들 책 읽고 있었어? 멋진 사람으로 자라겠다." 하고 자주 말해 준다. 칭찬을 받으면 기분이 좋다. 그런데 칭찬을 받는 순간보다 칭찬을 기다릴 때가 마음이 설레서 가슴이 두근거린다. 내가 할 일을 잘하는 것이 행복한 하루를 만드는 비결인 것 같다.

두 번째, 어려운 일을 해내고 나서 성취감을 느낄 때 행복하다. 한 번은 학교 과제로 일기를 쓴 적이 있었다. 공부 시간에 관한 내용으로 썼다. '오늘도 어제처럼 공부했다. 공부하다 보니 생각보다 시간이 지나 있었다. 어제는 10분이었는데 오늘은 시간이 30분이 지나있었다.'라고 적었다. 스스로 집중해서 공부한 걸 느끼고 나니 뿌듯한 감정이 생겼다. 반드시 칭찬받거나 누군가의 인정을 받아야 행복한 건 아니었다. 고학년이 되니 스스로 잘한 것에 대해 생각할 수 있게 되었고 나 자신에게 칭찬하기도 한다. '진주호. 오늘 정말 대단해. 잘했어.' 성취감을 한 번 느끼고 나니까 계속 도전해 보게 된다.

이번에 책 쓰기도 그렇다. 책 쓰기 신청을 하기 전에 엄마가 여러 번 물어봤다. "주호야. 정말 책 쓰기 신청해도 되겠어? 우리가 쓴 글이 책으로 출판되는 거야. 분명히 힘들고 어려운 시간이 생겨. 괜찮겠어?" 처음에는 엄마가 왜 그렇게 계속 물어보는지 알 수가 없었다. 글쓰기는 평소에 자신이 있었기 때문에 엄마가 계속 물어봐서 살짝 짜증이 나려고 했다. "책 쓰기 신청한다니까요. 그만 물어봐요." 하고 큰소리를 쳤다. 하지만 책 쓰기를 하면서 엄마가 걱정했던 이유를 알게 되었다. 글감 모으기부터 여러 번의 퇴고를 하는 과정에서 지쳐갔다. 충분히 잘했다고 생각했는데 부족하다고 계속 고쳐야 한다고 했다. 힘들고 포기하고 싶었다. 하지만 글을 완성하고 나서 느낄 성취감을 상상하면서 조금씩 버티고 있다. 책 쓰기를 마치고 나면 나 자신에게 꼭 칭찬해 줄 거다. "진주호. 대단해."

세 번째, 가족들의 기념일을 기억하는 것이다. 아직은 어린이라서 값비싼 선물을 할 수는 없다. 그래도 마음은 전할 수 있었다. 아빠 생일에 있었던 일이었다. 아빠에게 생일카드를 쓰고 엄마와 함께 깜짝 파티를 준비했다. 퇴근해서 집에 들어오던 아빠는 깜깜한 거실을 보고 어리둥절했다. 우리가 갑자기 불을 켜고 큰 소리로 생일 축하 노래를 할 때 기쁘고 놀라서 입을 딱 벌리고 서 있었다. 그런 아빠 모습을 보면서 우리는 깔깔거리며 한참을 웃었다. 엄마 생일에는 한 다발에 5천 원 하는 보라색 꽃다발을 사 왔다. 엄마는 꽃다발을 안고 생일 기념사진을 찍었고 꽃은 유리병에 담겨서 한참 동안 식탁에 있었다.

특히 기억나는 날은 엄마와 아빠의 결혼기념일이었다. 그날이 결혼기념일인 것을 가족 모두가 잊고 있었다. 엄마와 아빠조차도 결혼기념일이라고 생각하지 못하고 있었다. 그러나 단 한 사람만 결혼기념일을 알고 있다. 바로 '나'다. 국어 학원을 마치고 집에 오니 엄마와 아빠가 와인을 마시고 있었다. 보통 우리 부모님은 특별한 날, 이를테면 금요일, 공휴일 등 이런 날에만 술을 마신다. 나는 '엄마 아빠가 와인을 마시니까 특별한 날이겠지? 어디 보자 달력이, 아 오늘 엄마, 아빠 결혼기념일이네.'라고 생각했다. "엄마, 아빠 결혼기념일 축하드려요!" 아빠는 오늘이 결혼기념일인지 몰랐다고 했다. "오늘 결혼기념일이었어?" 저녁 메뉴가 닭백숙이어서 와인을 한 잔만 마시려고 했다는 거다.

　나의 축하를 듣고 아빠가 행복한 얼굴로 와인을 두 잔 더 마셨다. 아빠의 얼굴이 점점 빨개지기 시작했다. 나는 갑자기 장난을 치고 싶었다. '이때다! 아빠를 잘 설득해서 용돈을 받아야겠다.' 생각했다. 친구들이 아빠가 술에 취하거나 얼굴이 빨개지면 용돈을 잘 준다고 들었다. 용돈을 받을 기회였다. "아빠 이번 주 용돈 주는 날이에요." 만 원을 얻었다. 내가 지갑을 열어 남아 있던 돈을 보여주었다. 만 원짜리 지폐 5장이 있었다. 아빠가 이 돈을 보고는 내가 돈이 많다고 생각했다. "주호야, 그 돈 다시 내놔." 나는 장난스럽게 대답했다. "헤헤, 싫은데요." 아빠는 "너 부자네 나중에 밥 한 번 쏴라." 하며 웃었다. 이 말을 하는 것을 보니 아빠가 정말 취한 것이 확실하다. 이제 만 원 지폐가 6장이 되었다.

　지갑이 채워져서 행복한 것도 있었지만, 아빠가 나한테 속아주는 것도 신기했다. 정말로 모르는 건지, 속아주는 건지는 모르겠다. 용돈을 받고 신이 나서 태권도에 다녀왔다. 태권도를 마치고 집에 오는 길에 아빠랑 더 놀고 싶어서 뛰어왔다. 하지만 술에 약한 아빠는 잠들어 있을 것 같기도 했다. 아빠는 내 예상대로 쿨쿨 자고 있었다. 아빠가 술에 강했으면 조금 더 장난치며 좋은 시간을 보낼 수 있었을 텐데 조금 아쉬웠다.

조금씩 노력하면 행복한 하루를 만드는 작은 변화들이 생긴다. 해야 하는 일을 알아서 한다거나, 누가 칭찬해 주지 않더라도 스스로 하나씩 작은 일들을 성취해 보는 거다. 그리고 가족들의 생일, 결혼기념일 등을 챙겨보며 가족과 함께 유쾌한 기억을 쌓아나갈 수 있다. 행복을 위한 노력을 생각해 보면 많은 에너지가 들어가거나 많은 돈이 필요한 것은 아니다. 잘 자라기 위한 바른 행동, 마음을 전하는 고운 말, 같이 웃을 수 있는 집안 분위기라면 모두가 행복할 수 있을 것 같다.

처음에는 망설였습니다. '과연 아이와 함께 책을 쓸 수 있을까?' 어른인 나조차 글쓰기가 고되다고 느끼는데, 초등학생 아이가 이 긴 여정을 끝까지 마무리할 수 있을지 모든 것이 미지수였습니다.

공저 신청을 덜컥하고 나니 어떻게 이끌어야 할지 앞이 막막했습니다. 평소 아이를 다그치는 일이 잦았던 터라, 글쓰기를 빌미로 또 얼마나 많은 잔소리를 늘어놓게 될지 제 모습이 훤히 그려졌기 때문입니다.

하지만 이왕 시작했으니 앞만 보고 가기로 했습니다. 글쓰기 수업을 이정표 삼아 한 걸음씩 내디뎠지만, 첫 단추부터 채우기가 쉽지 않았습니다. '초고'라는 생소한 개념부터 하나하나 가르쳐야 했습니다. 아이들의 서툰 문장을 묵묵히 지도해주신 이현경 작가님의 노고가 없었다면, 이 책은 세상에 나오지 못했을 것입니다.

고군분투의 과정 끝에 마주한 변화들은 대단한 기적이 아닐지도 모릅니다. 그러나 말로는 끝내 전하지 못했던 진심들이 문장이 되고, 그 문장들이 차곡차곡 쌓여 서로의 세계를 이해하게 되었습니다.

글을 쓰며 가장 기억에 남는 순간이 있습니다. 아이가 '나를 행복하게 하는 것들'이라는 주제로 글을 쓰던 날이었습니다. 저는 당연히 '게임'이나 '장난감' 같은 대답이 나올 거라 예상하며, 은근히 공부와 관련된 이야기가 섞이길 바라는 욕심을 품고 아이의 노트를 훔쳐보았습니다. 하지만 아이의 문장 속에는 전혀 예상치 못한 장면이 담겨 있었습니다.

"엄마가 퇴근하고 현관문을 열 때 나는 냄새, 그리고 내가 그린 그림을 보고 엄마가 아주 잠깐 지어준 웃음"

아이가 바란 것은 대단한 보상이 아니라, 나의 따뜻한 시선과 온기였다는 사실을 활자가 된 문장으로 마주한 순간, 가슴 한구석이 찡해졌습니다. 제가 잔소리를 늘어놓던 그 시간에도 아이는 저의 표정을 살피며 사랑을 찾고 있었던 것입니다.

우리는 그날 밤, 서로의 글을 바꿔 읽으며 처음으로 "짜증 내고 잔소리하기 전에" 서로의 마음을 글로 먼저 확인해 보았습니다.

그 과정에서 우리는 기대했던 것보다 훨씬 값진 성과를 얻었습니다.

첫째, '멈춤'의 여유가 생겼습니다. 화가 치밀어 오르는 순간, 아이가 글 속에 남겼던 눈물겨운 진심을 떠올리며 한 번 더 숨을 고르게 되었습니다.

둘째, 대화의 문턱이 낮아졌습니다. 말로는 어색해 숨겼던 미안함과 고마움을 글로 먼저 전하면서, 날 서 있던 대화가 부드럽게 바뀌기 시작했습니다.

셋째, 서로를 한 '인간'으로 바라보게 되었습니다. 엄마는 아이의 성장을 진심으로 응원하게 되었고, 아이는 엄마의 정성을 당연한 희생이 아닌 사랑으로 이해하게 되었습니다.

글을 쓴다는 것은 폭풍 같은 감정 속에서 나를 건져 올리는 작업이었습니다. 글을 쓰기 전과 후, 나와 아이의 일상은 조용하지만 강하게 변했습니다. 감정대로 화내기보다 '어떻게 말할지' 선택하게 되었습니다. 예전에는 아이가 실수하면 저도 모르게 고함부터 버럭 나갔습니다. 하지만 이제는 화가 치미는 순간, 아이가 글에 썼던 속마음을 먼저 떠올립니다. '지금 화를 낼까, 아니면 이유를 물어봐 줄까?' 고민하는 짧은 '멈춤'의 순간이 우리 집의 차가웠던 공기를 따뜻하게 바꾸어 놓았습니다.

다그치는 대화가 '들어주는 대화'로 바뀌었습니다. "너 도대체 왜 그랬어?"라는 추궁 대신, "엄마가 네 글을 읽어보니까 이런 마음이었겠더라."라며 먼저 다가갑니다. 그러면 아이도 방어적인 태도를 내려놓고 "엄마, 사실 내 마음은 이랬어요."라며 숨겨둔 진심을 먼저 꺼내놓기 시작했습니다.

서로를 있는 그대로의 '사람'으로 존중하게 되었습니다. 아이를 내 뜻대로 바꾸려 하기보다, 아이만의 소중한 빛이 보이기 시작했습니다. 아이 역시 엄마를 '나를 위해 희생만 하는 사람'이 아니라, 때로는 지치기도 하고 꿈도 있는 '한 사람'

으로 이해해주기 시작했습니다. 그러자 아이가 제 손을 먼저 따뜻하게 잡아주었습니다.

이 책의 마지막 장을 덮는 순간, 여러분의 가정에도 기분 좋은 변화가 시작되길 바랍니다. 물론 책 한 권으로 모든 문제가 해결되지는 않을 것입니다. 여전히 우리는 실수할 것이고, 때로는 또다시 잔소리를 내뱉으며 후회할지도 모릅니다. 하지만 괜찮습니다. 이제 서로의 마음을 들여다보는 법을 연습한 따뜻한 기억이 있기 때문입니다. 이 기억은 우리가 길을 잃을 때마다 돌아올 수 있는 안전한 이정표가 되어줄 것입니다.

짜증 대신 질문을, 잔소리 대신 공감을 건네는 그 짧은 찰나의 선택이 엄마와 아이 사이를 세상에서 가장 포근하게 연결해 줄 것이라 믿습니다. 오늘도 사랑한다는 말 대신 잔소리를 먼저 내뱉고 돌아선 모든 엄마와 아이들에게, 이 책이 서먹한 손을 다시 맞잡게 하는 다정한 화해의 인사가 되기를 소망합니다.

안지언

우리들의 목소리

박지은

막내딸이 들려준 작은 이야기에서 책 쓰기 도전은 시작되었습니다. 글쓰기는 생각보다 쉽지 않았고, 아이는 퇴고의 과정을 힘들어했어요. 마감일을 앞두고 급히 써 내려간 문장을 다시 고치고, 또 수정하기를 여러 번 반복하며 밤을 보내기도 했습니다. 그렇게 버텨 낸 시간 끝에, 우리는 마침내 마지막 순간을 기쁨으로 맞이할 수 있었습니다. 무엇보다 자신의 생각을 차분히 써 내려가는 아이를 보며 놀랐습니다. 아이들은 우리가 생각하는 것보다 훨씬 깊고 큰 그릇을 지니고 있는 것 같습니다.

곽예술

학원도 다니고 방과 후 수업도 있는 날에는 글쓰기가 힘들었습니다. 하지만 조금씩 쓰다 보니까 '나도 할 수 있겠다.'는 생각이 들어서 열심히 했어요. 고생 끝에 낙이 온다는 말은 정말 맞는 것 같습니다. 내가 쓴 책을 읽어 줄 사람이 있을 거라고 생각하니 기분이 좋습니다. 내 이야기를 읽고 즐거워해 주는 사람도 있을 거라고 믿습니다. 책을 쓰는 일은 힘들었지만, 누군가가 제 책을 읽어 준다면 그것만으로도 저는 정말 기쁠 것 같습니다.

이현경

아이가 함께 글을 쓰며 감정이 흔들렸습니다. 솔직하게 써야 했기 때문입니다. 글을 쓰며 아이의 마음을 바라보게 되었고, 아이도 자신의 마음을 글로 표현할 수 있다는 경험을 했습니다. 평범한 하루를 담은 기록이지만 '나도 숙제하기 싫은 적 많아요.'와 '우리 집도 그래요.'라는 공감을 얻고 싶습니다. 아이를 다독여 글을 쓰게 한 건 세상에 내 이야기를 꺼낸다는 의미 있는 경험이었습니다. 속상했던 시간뿐 아니라 소소하게 기쁜 순간도 글로 담아내며 위로하는 글을 쓰고 싶습니다.

박서우

처음에 이 글을 쓸 때는 학원도 가야 하고, 학원 숙제도 해야 해서 할 시간이 별로 없었습니다. 하지만 쓰다 보니까 '열심히 써서 완성하자.'라는 생각이 들게 되었습니다. 글을 쓰면서 엄마와 함께 대화도 많이 하고 같이 보내는 시간이 늘어나서 좋은 것 같습니다. 그리고 제가 쓴 글을 읽는 누군가가 공감하지는 않을까? '이런 일들이 있었구나.' 하고 생각을 한다면 그것만으로도 기쁠 것 같습니다. 누군가가 제 이야기를 보고 이런저런 생각이 든다면 글을 쓴 보람을 느낄 것 같습니다.

최혜정

처음 해 보는 작업이라 시작부터 쉽지 않았습니다. 중간에 포기하고 싶은 마음이 컸지만, 아이에게 힘이 되고 싶어 처음이자 마지막일 수 있는 공저에 도전했습니다. 생각보다 어려운 글쓰기를 하면서 퇴고까지 과정을 어떻게 하는지 처음으로 배웠던 것 같습니다. '한 권의 책이 이렇게 힘들게 만들어지는구나.'라는 생각에 모든 작가님들이 대단하게 느껴졌습니다. 여기까지 이끌어 주신 여러 작가님들 다시 한번 감사드립니다.

오태성

이 글을 쓰면서 자신감도 없고 하기 싫었습니다. 엄마랑 다른 작가님들의 도움으로 처음으로 열심히 글을 쓴 것 같습니다. 완벽하지는 않지만 최선을 다해 쓰고, 고치면서 엄마와 더 많은 이야기를 하고 서로 웃으면서 마무리 했습니다. 아직 실감은 나지 않지만 '나도 할 수 있다.'는 자신감이 생긴 것 같습니다.

안지언

처음 함께 책을 써보자고 제안했을 때의 설렘이 기억납니다. 이 책은 완벽한 문장보다 솔직한 마음을 솔직한 수식어보다는 함께 고민한 흔적을 담으려 노력했습니다. 아이의 생각 주머니가 커가는 과정을 가까이서 지켜볼 수 있어 부모로서 참 감사한 시간이었습니다. 부족한 솜씨지만 우리 가족의 진심이 이 책이 이 기록이 우리 가족에게는 소중한 보물로 읽는 분들에게는 아이와 소통하는 아이디어로 남기를 희망합니다.

정진욱

엄마와 머리를 맞대고 글을 썼던 시간 들이 마치 어제 일처럼 생생합니다. 처음엔 어색했던 문장들이 하나둘 모여 한 권의 책이 된 것이 마법처럼 신기하기만 합니다. 책을 쓰는 동안 엄마와 평소보다 더 많은 이야기를 나누고, 더 많이 웃었습니다. 완벽한 문장을 만드는 것보다 우리가 함께 마음을 나눈 흔적이 이 책에 고스란히 남아 있어 정말 뿌듯합니다. 이 책은 저에게 '끝까지 해냈다.'라는 커다란 자신감을 선물해 주었습니다.

나진희

일을 하며 아이를 키우다 보니 아이들과 충분한 시간을 보내지 못하는 것 같아 늘 미안했고, 과연 잘 키우고 있는 걸까 자주 불안했습니다. 많은 책과 미디어를 통해 선배 엄마들의 경험을 배우며 조금씩 제 방식대로 적용해 보았습니다. 사춘기에 접어드는 두 아이가 아직 방문을 닫지 않고 웃으며 이야기를 건네는 걸 보면 아직은 괜찮은 관계인 것 같습니다. 주호와 함께 적은 우리 집 이야기가 조금이나마 도움이 되었으면 좋겠습니다. 아이를 키우는 모든 가정을 응원합니다.

진주호

유명한 사람들이 글을 써서 책을 내는 것을 보고 멋있어 보여서 책쓰기에 도전을 했습니다. 초고를 완성했을 때 많이 뿌듯했고 더 잘 쓰고 싶다는 욕구가 있었습니다. 그런데 여러 번 퇴고하다 보니 게임을 하러 가고 싶고, 쉬고 싶은 마음이 생겼습니다. 집중하기 어려울 때마다 엄마가 응원을 해주었습니다. 용기를 주는 엄마를 위해서라도 계속 열심히 해야겠다고 마음먹었습니다. 글을 쓰는 속도가 점점 느려졌지만 포기하지 않았습니다. 이 책을 통해서 어른들이 아이들의 진심을 이해하고 많은 응원을 해주면 좋겠습니다.